U0899787

世界

01 病院系列
THE WORLD

南派三叔 著

吉林文史出版社
JILINWENSHICHUBANSHE

目录 Directory

世界

病院系列 01 THE WORLD

目录 Directory

目录 Directory

中篇　疯人院

目录 Directory

下篇　世界

自序

这本书的写作过程，堪称折磨，以至于我在写完前的最后几天，还一直有一种错觉，这本书是写不完的。

《世界》的灵感来自长时间休养的那段时间，我就对于精神类疾病，产生了浓厚的兴趣。故事从精神类疾病起，但写着写着，就变成了这样。

这个故事很怪诞，说实话我觉得可能不会有人再像我这样写故事，如果要说南派风格，我觉得这本书里的风格，可以算是一个标签。但到底是好是坏呢？我也不知道。

早年间，有两到三年的时间，对于精神类疾病的理解很迂腐，竟然只是——做坏事不用判刑——这样的印象。那时候，镇上的街道都有几个有名的精神类疾病人在游荡，母亲总是拉着我远离，似乎精神病会传染一样。我则远远地观望，心中好奇，想知道他们的世界是怎么样的。

长大之后，才逐渐明白精神类疾病的本质是什么，不免有些羡慕。

我觉得精神类疾病这种东西，在许多人的心中就已经被归为不善良的。所以当你得病的时候，很多人就会理所当然地认为你是一个坏人，而不是一个病人。而那种坏，是少数有清晰源头的坏——非常容易被认定。

这种认知也让我开始有了“能不能适当地做一个坏人”的想法。似乎被认定为坏人的人，承受的压力要远远小于被认定为好人的人。这种幼稚的想法，让我的人生充满了苦头。

得病之后，我还真的得偿所愿，发现人们不会再给你期望，只想远离你。这反而让一切都变得足够简单。在我得这类疾病之后，拒绝任何事情都有了理由。这让我有了足够充足的清静时间来思考自己的问题。大家见到我，也不和我继续聊如何成功的事情了，说得最多的是“健康第一啊”。我反而觉得生活回到了正常呢。

现在回忆之前的生活，有太多的人在我身边的论调是——“你这么优秀，不应该只有现在这样的成就”。这样的论调实在是让人有点喘不过气，这就是不幸福的根本吧。如今面对这种论调，我只要回复一句“天妒英才”，大家就都会表示理解。其实我内心里想的是，我要做一个什么样的人，才不需要你来规划呢？

写这本书也是想讴歌一下这样的生活，虽然故事情节和精神类疾病的关系并不密切。

写作过程中，我换了很多工作人员，他们都给我提供过一段时间的帮助，但都没有等到这本书出版。这里我很抱歉，也向这些人表示感谢。这本书对我意义非凡，如今出版了，你们看到这段文字，希望可以会心一笑。

书中的一些解释，虽然在写作的时候故意语焉不详，但都是经过一位博士后的指点，他不愿意透露姓名，在这里同样也匿名感谢。再感谢一些同行，因为名头太大，怕有抱大腿的嫌疑，就也暗中感谢。

感谢我的编辑老师对我的鼓励，作为我的第一个专属编辑，她不仅要忍受我的拖稿，还要不停地鼓励我，编出优点来夸奖我，实在是辛苦。没有你的整理和读后建议，我可能还会不停地陷入修订陷阱当中。

也感谢我的精神科医生，感谢对我的照顾。现在的精神类疾病似乎开始变成宗教了，人太痛苦了，都想去拜一拜。我觉得这虽然不应该滥用，但痛苦了寻求积极的解脱，心理医生的工作之一也的确在此，应该鼓励。但也觉得唏嘘，世界到底变成了什么样子，精神类疾病反而变成了避风港。

题外话，我一直对作家有一种幻想。作家应该像斯蒂芬 · 金一样，有一个灵感，写一本书，主人公都不相同，也相互独立。这样就会有“我又写了一本新书”的成就感，但我长久以来，也写了快十四年的书了，就几乎没有这样的成就感。别人问我：“你最近写了什么？”我到后面往往羞于启口，因为我只能回答：“《盗墓笔记》。”对方会给你一个尴尬的笑脸，说：“还在写啊。”

现在我终于可以说出另外一本书名了。

《世界》这个故事，我把它归类于病院系列。这个系列还会继续写下去，主要写一些奇奇怪怪的、惊世骇俗的故事，而且最好是完全崭新的故事模式。有生之年，希望能写到四本以上。

洽谈出版的时候，正值武汉疫情，世界也在变化，总是觉得自己写的东西其实不算小说，为何都以小说的身份不停地发表。这让我觉得很不真实，此时的现实世界，也不真实起来。

希望一切都有好转。希望在你看到这本书的时候，这些都过去了。

最后感谢我的读者朋友，谢谢你们的耐心。絮絮叨叨又一年，你们知道我只有在这里，才能说些心里话。我的作品大多写作很长时间，不知道这动不动几年的落差，你看待自己，看待世界，是否如我一般感慨。事实上，这本书的写作过程，就如同这个故事的主题一样。

看完之后，我们可以探讨。

南派三叔　于 2020/2/12

世界上的一队小小的漂泊者呀，请留下你们的足印在我的文字里。

——《飞鸟集》

前篇

梦话者

第一章
一封读者的来信

这又是一个很特别的故事。

现在说起来，我自己都还有点不相信。因为这个故事失控的速度太快，其间没有任何可以容我完全接受的机会。

它和我以往经历的不同，并没有宏伟和深刻的背景，也没有太过于激烈的情节冲突，但是这个故事，是我经历的让我毛骨悚然的故事之一。

在说这个故事之前，我先要声明几点。

首先，我在写这个故事的过程中，放弃了我之前的一些故弄玄虚的叙事技巧，我之前故弄玄虚，是因为很多故事在最初发生的时候，十分平淡，我需要加工使得它可以在最开始的时候抓住读者，但是，这个故事不需要。我反而一直试图降低这个故事的诡异程度，用以降低我在写作的过程中，对于这个世界的怀疑。

第二点，《世界》这个小说的名字，很多人都用过，他们表达的意义各不相同。我并未想在这本小说里，去描述一个庞大的天穹下的林林总总，我写的是另一个方面的世界，这个世界的概念，也许和你听过的任何场合的世界，都有所不同。

第三点，同样不要在故事的前三分之一处给这个故事下结论。

故事最开始是因为一封读者来信。

因为电子邮件的应用，现在的作者已经很少使用真实的信件来和读者交流了，这反而使得真实的信件变成一件奢侈但是更有格调的事情。但我使用真实的邮件，并不是有这样的欲望，而是因为我的精神状态在那段时间非常不好。被医生强行地隔离了网络。同时，我保持了很长时间和读者交流的记录，我不想因为我的病情被打破。

理论上，医生的建议是什么也不读，但是对于我这个阅读有强迫症的人，总不能真的一个字都不看，于是纸质的信成了我的救星。

这封信是在我公布邮箱半个月之后收到的，里面是一支录音笔和一张单薄的贺卡。所以实际意义上来说，这是一只包裹，不过因为录音笔非常小而且袖珍，在信封中没有被邮递员发现。

贺卡上写着“祝你早日康复”六个字，署名是海流云。

这是我一个老读者了，算是我半个老乡，她和我的母亲一支同属于温州乐清，语言上比较相通。

从我刚刚开始在网络上写东西，她就一直发消息给我，不管我回还是不回，她总是会一个人说很多。我在某年和某个歌手的合作见面会上，见过她一面，算是真正认识，但是后来也没有频繁交流。算起来，从最后一次看到她给我发消息，到现在这段没有和她继续交流的时间应该有三四年了，我没有想到她仍然在关注我。

这不免令我有些感动，但我好奇的是录音笔中的内容，现在的科技已经可以把这种东西做得非常小，可我个人的习惯，如果她没有在信中告诉我里面录的是什么，我是不愿意冒险去听的。我的精神状况很难处理一些负面的信息。

但是我实在又十分好奇，于是我翻动卡片，在卡片的另一面，看到了一条备注。

“这是我一个朋友录下的自己的梦话，知道你喜欢稀奇古怪的事情，不妨听一听，也许是很好的写作题材。”

给我说一些稀奇古怪的事情，是我很多读者和朋友统一的习惯，他们觉得，既然是写悬疑小说的，这些素材告诉了我，等于给了我一口饭。他们不知道，悬疑小说家写作的原动力，是编造出类似于真实的诡异故事，而不是记录真实的故事。

特别是像我这样精神上有残缺的，如果无法判断一件事情一定是虚构的，对于我写作反而有害。

但我在那个时候，确实对录音笔产生了兴趣，我坐在窗口的轮椅上（那时候车祸不久），按下了播放的按钮。

录音笔的屏幕亮了，安静地跳转了两三秒钟，我听到了第一句话：2012年4月16日，20点15分，准备入睡。

还真的是梦话，我心中觉得有意思，人在梦的意识中，似乎总是和一些我们所不了解的现象有联系，不管是梦境的内容还是做梦时候大脑内部的化学反应，现在都还是未解之谜。

对于很多人来说，醒来时候的生活，是生活在一个充满伪装和压制的虚伪人格里，也只有在梦境中，才能露出一丝自己的原形。而梦话的内容，有的时候真实地反映着这个人的精力和欲望。

这一句话说完之后，这个人停顿了一下，继续了下一句话。

这句话，让我突然觉得诡异起来，直觉告诉我，卡片上的提示不是戏谑。

录音笔里的人说道：“这是第两千三百七十段录音，应该快到终点了，希望这一切快点结束吧。”

第二章
花头礁上真的有一个东西

两千三百七十段录音，假设这个人有每天录下自己梦话的习惯，假设他每天都一定会说梦话，也需要坚持录音六年半时间。

一个人对于自己熟睡之后发出的声音那么痴迷，我还从来没有听说过。

而且，他说了应该快到终点了，这句话更加奇怪。

一般来说，只有有起点的东西，才会有终点，这至少说明，这六年半的时间，应该有什么事情正在发生，而且正在走向终点。

我点上一根烟，如果这是一本小说的话，开头的两句话已经强行点燃了我的兴趣。我决定耐心地听下去。

接下来是很长时间的安静，这个人的入睡似乎不是那么容易，我听到了被子摩擦和很多声叹气，深受失眠痛苦的我太熟悉这种对于睡不着的无奈了。

反正我也没有其他事情干，我耐心地等待着，烟抽完，我转动轮椅对着窗口，看窗外明媚的阳光。

两个小时不知不觉就过去了，录音笔的光标仍旧亮着，但是我始终没有听到声音。

“大哥，到底睡着了没有啊。”我自言自语，不禁有些不耐烦起来。想快进去听后面的内容，不过我忍住了。已经两个小时了，我就当这支录音笔已经停了，去做自己的事情好了。于是我拿起报纸开始阅读。

大约又过了半个小时，我才听到了那个男人说了梦中的第一句话。

让我吃惊的是，我瞬间竟然没有听懂，因为那个男人说的不是普通话，而是用一种极端压抑的语调，说了一句方言。

如果是别人，这还真是一个大难题，恰巧我和海流云有相同的祖籍，她知道我懂这种叫蛮话的地方语言。

蛮话是浙江北部靠近福建地区苍南平原一种特殊的方言。我能听懂蛮话，是因为我母亲和外公一支是乐清人，乐清有一部分人也会说蛮话。

蛮话和我们说的普通方言基本语法完全不一样，老蛮话是极难听懂的，但是毕竟后来外来词多了之后，语法开始融合，所以我能大概听懂他讲的内容。

这第一句蛮话就是：“今天雨下得很大，海边收虾蛄的人可能不会来了。晦气。”

这句话在沿海一带很好理解，海边打海鲜的人，海鲜上岸之后立即就会有人带着现金来收，一手交钱，一手交货，非常便利。

如果雨太大，大部分渔民不会出海，所以收海鲜的人也会歇着。这个人可能是在不太适合的天气出海，回来之后，发现没有人来收购。

海鲜无法存放太久，如果不能直接出手，保存会很麻烦，价格也会下跌，所以才会说晦气。

海流云没有告诉我这个录音人的身份，这样的梦话，我估计应该是一个渔民。而且应该很年轻，毕竟能摆弄录音笔这样的东西，年纪不会太大。

“下大雨，那东西也没有看到，花头礁都被水淹了，那到底是什么东西，真想知道。”这是第二句话。

接下来是一段沉默，和零星几句我听不懂的蛮话，但应该没有意义，是一种咒骂。

“和他们讲他们都不相信，鸭多不生卵，我怎么会骗，花头礁上真的有一个东西。”

第三章
花头礁

花头礁我还真知道，在那一带吃过海鲜的人都听说过，花头礁附近有一个环礁带，整个礁石的外延是捕龙虾最好的地方，苍南九斤龙虾王就是在那里网上来的。

但是环礁的远端，特别是花头礁那边就很少有人去，因为那儿靠近一条海沟，非常深，说起来是一个环礁群和海底的大断裂。

环礁群靠近大陆的那一头叫猫礁，和花头礁遥遥对望，直线有二十公里的距离。只有在鱼荒，或者是渔民家里要办大事的时候，才会经过猫礁，去花头礁那儿捕鱼。

进到环礁里面要用平底船，到了花头礁还要祭拜，这块礁石以前是近海和远海的分界线，过了花头礁，就说明到了真正的大洋上。

所以说，花头礁上有个东西，这种话渔民确实不会相信，人很少在那儿活动。

“要不是那天阿鸿不敢过去，我早就抓到那个东西了。气饱了气饱了，阿鸿这个杀跌 B（听不懂的脏话），我迟早要把那个东西抓回来。”

接下来是一些无关紧要的话，似乎是一些生活的片段，能听得出来，他似乎是在和一个人对话。

他并没有一个人扮演两个角色，所以我只能听到他自己的部分，无法听到和他对话的人说的什么，对话过程只能猜测，应该都是和生计有关的话题，比如：生意比较艰难，雨水太多。鱼群的走向也似乎不在这里边。

我继续听着，大概能分析出整段梦话的前因后果。

首先毫无疑问，说梦话的人一定是个渔民，而且是一个经常出海的海客，不是大渔船拖挂作业的船公，而是直接给城市酒店供应新鲜海鲜的那种。他们的船不大，往往是兄弟二人，或者是父子两人就出海了，收获也不会太多。

这种渔民一般都是生活在贫困线上的，特别是现在大船作业泛滥的海域，他们捕到东西的概率越来越小，很多祖上传下来的捕鱼的方法，因为环境的变化也越来越没有作用。

所以他们埋怨生计是很平常的事情，我在海边见过不少这样的人，他们大多聚在一起。这种人的出路是开海鲜大排档，自己捞自己做，但是这种生意也需要本钱。

这个渔民年纪不大，和他搭伴出海的人，名字应该叫阿鸿，是一个胆小的人。

这段梦话应该是回到岸上之后，鉴于在说阿鸿的坏话，那么他不是和阿鸿在一起，而是和另一个人的对话，当时很可能在喝酒，或者是在吃饭。这是个闲聊起的故事。

我暂且称呼这个渔民的名字叫作A，A在进行这段对话之前，出了一次海，出海的地方叫作花头礁，在这个花头礁的附近，他应该是看到了什么东西。

我无法形容我的感觉，不知道他看到的是奇怪的动物，还是诡异的物品，总之这个东西，不应该那个时候在花头礁上出现，所以他很惊讶，并且想过去查看。但是阿鸿阻止了他。

显然最后他没有弄清楚那是什么东西，他回到岸上之后，说起这件事情被人耻笑，所以迁怒于阿鸿。

我觉得我猜得八九不离十。

抱怨生计和穿插着抱怨阿鸿和重复说花头礁上奇怪的东西，整个过程持续了半个小时。梦话才渐渐平息下来。

人不会一晚上都说梦话，往往是在某个睡眠时期。我的精神状况一直不是很好，所以一直在看这方面的书，了解一些细节。

频率越来越低，最后，录音中回归了安静，有六七分钟再也没有一声动静。

应该是结束了，我把录音笔拿起来，发现确实没有几分钟了，就想按停，这个时候，忽然，A又说了一句梦话。

他说道："老军让我不要去，但是我不去气难平。"

顿了顿，他说了最后一句话。

"我不相信阿鸿说的那些东西，阿鸿是吓唬我的。"

第四章
六年梦话者南生

我不得不承认，我对这件事情非常感兴趣。

不排除，这是那个海流云设计的一个故事，也许是向我炫耀自己思考的故事桥段，即使如此，我也应该向她表示敬意。

因为在这个创意写作泛滥的年代，这样好的故事切入口已经很少看到了。

这是真正有生活的人才能写出来的开头。

特别是最后一句。

“我不相信阿鸿说的那些东西，阿鸿是吓唬我的。”是点睛之笔。

阿鸿显然和A说了一些东西，这些东西很可能是某种传说性质的故事，目的在于阻止A重新回到花头礁查看，而且，阿鸿说的东西，应该非常可怕，甚至是恐吓性质的。

我给海流云写了一封回信，告诉了她我的想法：如果这不是她写的小说的开头，而是真有其事的话，我希望能够见一见这个录了最短六年自己梦话的人。

信发出之后，我在QQ上也留了言。这有点违反我的原则和断网的规定，但是我实在想快点收到回复。

回复没有我想的来得那么快，至少在我接下来的一周内，我没有得到任何的消息，我开始理解我的读者在寻求和我联系而不得之后的感觉了。

但最后也不仅仅是收到另一封纸质的信，我还得到了读者热情的回馈。

她和A一起出现在了我的医院传达室里。

海流云已经是一个六岁孩子的母亲，比之前看到的时候，整个人的状态更加好了，一段好的婚姻和孩子对于女人是加分的。而A也完全出乎我的意料。在我的判断里，他绝对是一个面庞黝黑的渔民，身体消瘦健壮，皮肤粗糙。

但是我面前自称是A的这个人，他的真名叫作南生，是一个非常白稚的青年，和渔民一点儿也扯不上关系。一眼看去，清秀得像个女孩子一样。

这个男孩子，如果上渔船，估计连渔网都提不起来，更不要说撒到海里捕鱼，有的时候还要和风浪搏斗了。

不过人不可貌相，在这个社会上，这已经是我处事的最大原则。

他们在传达室里和医院的保安纠缠了很久，才获准给我打一个电话。我因为在封闭治疗区，能够和外人见面的时间也不多，讨好了护士，才得以和他们在草坪上见面。

寒暄之后，我就单刀直入。我先用蛋话对他们打了一声招呼——我会的蛋话不多，但是这一句应该是相当标准的。

海流云和我用蛋话对话了几句，南生没有什么反应，我看他的眼神，意识到他完全听不懂。

有意思，这么说，这些梦话应该不是南生说的，后面还有我不知道的故事呢。

南生是一个非常聪明的人，他看我的表情，就知道我的疑问，所以直接说道："我是上海人，完全听不懂蛮话，但是这些梦话确实是我说的。我从六年前开始录音，没有一天中断过，我几乎每天晚上都会说梦话，六年时间里，只有两天例外。"

第五章
六年前

南生刚大学毕业，从实习到现在，已经工作了一段时间了。六年前，应该还是他高一的时候。

他告诉我，他是因为军训活动，和室友同一个帐篷，才发现自己说梦话，还是用自己听不懂的语言。第一段录音，是他同学为了证明他确实讲梦话录的，后面的，就是他自己自发的行为。

我摸了摸下巴，高中、大学，是城市孩子一般惯有的历程，真有意思。这和温州苍南的渔民不管是地理位置还是文化体系都搭不上边。

有没有可能，他不是单纯的上海土著，而是中途迁徙到上海的一代上海人，对于蛮话的记忆是来自于童年不太清晰的部分?

我提出了这个疑问。南生无奈地笑笑，感觉这样的解释他做过不止一遍了：“我家四代都是上海人，大学毕业之前除了旅游我都没有出过上海。不过，如果说我从来没有接触过蛮话，这也是不正确的，我确实在小的时候，接触过这种语言，但仅仅是接触，连听都没有听懂，更不要说自己会说了。”

我忽然就意识到海流云和我说的“这件事情很有意思”，似乎并不是我思考的那个方向。

我对于梦话的解读，是按照我写悬疑小说的角度对于内容的剖析得出的，但是海流云并不写小说，所以她应该感觉不到我所感觉的。她所觉得的“这件事情很有意思”或者更加直接一点儿。

“你听不懂自己说的梦话？”我力图让自己的提问清楚，“你小时候接触过蛮话的经历，和你的梦话有关吗？”

“嗯，我不知道怎么和你形容，海流云说你是一个什么都能接受的人，我对这件事情的分析，和我自己的调查，都指向了一个可能性，但是我说给别人听，都没人相信，我希望你是个例外。但是，如果你也不相信，不要骗我，我可以接受不好的结果，却不愿意浪费时间。”

我点头，这点很中肯了，而且我也不觉得这个小伙子想从我这里得到什么。

“我在六年时间里，说了五万句话，我一直到第三年，才知道这是蛮话，才知道了这些梦话的内容。但是，我说的这些梦话中的经历，并不是我的经历。”

“什么意思？”

“这些梦话中的内容，和我没有关系，这是另外一个人的人生。”南生看着我的眼睛道，“我在做梦的时候，在说一些我不可能知道的，另一个人的事情。”

大家都沉默了，海流云在默默点头，应该是深信不疑。

我看着他们的状态，就知道他们已经经历了很多事情，找我估计是有些实际需求的。于是我说：“你们已经知道，这另一个人是谁了，对不对？这个人应该和你之前对于蛮话的记忆有关系。”

南生点头，递给了我一张照片。

事情越发地匪夷所思了，我努力让自己冷静下来，接过这张照片，照片上是一个黝黑瘦小的年轻人，身上都是水藓的痕迹，斑斑驳驳。

照片上的背景是在海边的渔船上，年轻人的身上背着渔网，笑得很灿烂，那是一种发自内心的开心。

我吸了一口气，这个人符合我所有的推测。

南生就在这个年轻人的背后，年纪看上去还很小。还有一个看上去也是城市人的中年人，在一边抽烟。

照片是彩色的，上面有桂花一样颜色的霉斑。应该有很长的年份了。

“这是我初中毕业的暑假，去海边的时候认识的朋友，他比我大两岁，叫作王海生。他妈妈是在船上生下他的，他读到了初中就辍学了，我们是上了他的船出海去钓鱼。他是我人生中遇到的，唯一一个会讲蛮话的人。”

我看到南生说到这个人的时候，脸色惨白，这已经不属于紧张，而进阶到害怕的程度。似乎他接下来要说的内容，有让他感觉毛骨悚然的东西。

“我们在一起待了一个夏天，我们成了非常要好的朋友——你知道，海边有太多城里没有的东西，而我也知道很多他不知道的新鲜事情——那个年纪的友谊是最纯真的。”南生说这些的时候，完全没有一丝阳光的意味，脸上的恐惧越来越瘆人。“但是，我回上海之后，就再也没有和他发生过任何的联系。和很多我们那个年纪的友谊一样，就是一个夏天的珍贵回忆。慢慢也会忘却，所以当我开始说梦话之后，我并没有立即想起这个人来。一直到听懂了内容，才忽然意识到……”

“这个人现在在哪里？”我问道。既然他和海流云一起来找我的，应该已经去过苍南。

南生看了看我，想回答我，但是脸色已经变得极度苍白。

海流云拍了拍他的肩膀，和我说道：“王海生已经死了。”

第六章 那年夏天

“我们来找你之前，一直在苍南找他，他的兄弟说，他在六年前就死了。他的船出海去花头礁，再也没有回来，他们只在花头礁上，找到他船上的缆绳。”

我摸了摸下巴，觉得思绪有些乱。

感觉这里存在两个故事，一个是王海生遇到了什么；一个是，为什么王海生遇到的事情，会在南生的梦话里出现。

“这两件事情，其实属于一件事情。”南生终于开口，“还是我来说吧，清楚一点儿，我把我和王海生在那年夏天做的事情，和之后这一切的关系，全部都一点儿一点儿说出来。”

六年前的夏天，南生来到苍南海边，遇到王海生的时候，南生十五岁，王海生十七岁。王海生辍学了两年，但是温州的小学只有五年学制。

当时的王海生已经有两年捕鱼和出海的经验，和他一起搭伴的，是一个叫阿鸿的人，这个人按照辈分是他的小叔，年纪比他大三岁。两个人一条船，在他们那个年纪，生活还是过得去的。

王海生辍学的原因，是因为自己父亲早逝。渔民在渔船上有什么突发疾病，往往得不到及时的救助，他的父亲就是因为脑溢血在出海的时候去世的。尸体运回来的时候和鱼冻在一起，入葬时候的腥味王海生这辈子都不会忘记。

所以，王海生非常卖力地工作，就是想脱离这种命运。

除了捕鱼之外，他也为村里一些旅游农舍做包船出海垂钓的业务，这个不辛苦，而且赚得还多。很多杭州和上海周边的人，会选择在节假日去海边待上一周到两周。他们在度假的时候不是很在乎钱。

南生能和王海生交朋友，不是因为他们年纪相近，是因为南生和王海生有一样的生活经历。南生的母亲早逝，是父亲一个人带大的。

孩童时期交朋友的过程，我就不赘述了。无非就是在海边抓滩涂鱼、捡贝壳、养寄居蟹；在夏天的海边树荫下聊一聊动画片、各自范畴里的新鲜好笑的事情、喜欢的女孩子；一起去镇上的录像厅看看黄色录像。

那个年纪是瞬间就可以交心的年纪，忘性也大，两个人最在乎的就是明天去玩什么。同时，十六七岁也说小不小，他们开始会讨论一些大人看着幼稚自己却觉得深奥的问题。

故事的起源，就在于他们讨论的一个“深奥”的问题。

王海生不同于一般的淘海客，黝黑的外表下有着细腻的内心，这和他毕竟受过初中教育有关。讨论那个问题的时候，正值夕阳西下，他们在海滩上散步。

王海生显然有心事。他总是有心事的，虽然玩的时候不觉得，但当他一边有一搭没一搭地和南生聊天，另一边他的思维是在另外一个世界里游走，不知道在想些什么东西。

他们从码头一直走到了废水沟，村里的废水通过沙滩上的大沟流入海里。夕阳西下，海风吹来，有一丝丝凉意。王海生趴在海边的堤坝上，忽然立住了。

两个人都不说话，这时候两个人的友谊已经不需要语言去维持气氛了，安静本身就是一种交流。他们都看着海上的夕阳，给海浪镀上金光。

这样的情况大概持续了十分钟，忽然，王海生转身问他：“南生，你觉得人死了之后会到什么地方去？”

第七章
少年的死亡约定

南生愣了愣，这个问题问得有些奇怪，但他还是顺口就回答说：“人死了，不是要到阴曹地府去吗？”

王海生看向南生：“那你相信吗？”

南生耸耸肩，这个问题他从来没有考虑过，因为死亡毕竟离他还好遥远。在他十一二岁的时候，因为母亲的去世，他曾经有过对死亡的恐惧。那时，当他想起死亡必将来临的时候，那种无力感让他觉得崩溃。但是后来那种恐惧，随着时间的推移也很快就消失了。

随着年龄的增长，各种琐事逼来，使得思考死亡这个命题在那个年纪显得有些愚蠢。

“也许吧，”南生说道，“如果有鬼的话，咱们这辈子活得好不好，关系似乎也不大。”

王海生笑了笑，用蹩脚的普通话道：“那如果没有鬼呢，如果没有阴曹地府的话，人死了，岂不是什么都没有了。”

南生摇摇头，这种问题思考太多，人会很绝望。王海生继续道：“如果终究人死了就什么都没有了，那么我们一开始为什么要活着呢？活着本身是为什么呢？我们在这里捕鱼、赚钱，你去读书，这些东西在我们死后都没有意义——你不觉得我们活得非常好笑吗？这感觉上像——”

“像电子游戏一样，”南生说道，“没有存档，打得再好都没有用，电源一关就什么都没有了。”

“对哦，真的很像。”王海生很严肃地点了点头。

南生笑了笑，心说其实有些事情我们不能这么武断，这是一个很严苛的哲学问题了——我是谁，我从哪儿来，要到哪儿去。

一个海边长大的渔民会思考这种问题，这不是个好现象。因为这几个问题世界上可能还没有几个人能回答。

“所以还是有阴曹地府的好，这样我们死了都会变成鬼了，我的老爹、你的妈妈也变成鬼了，我们能继续在一起玩儿。”王海生说道。

南生不知道王海生的老爹去世的具体情况，南生的母亲是病死的。因为他母亲平日里工作非常忙，母子关系并不十分亲近，所以南生在她去世的时候，竟然找不到悲伤的感觉，他只好木然着脸，装成自己很悲痛的样子。

这件事情他到现在还有负罪感，所以不愿提起。他没有接王海生的最后一句话。

两个人继续往前走，话题已经耗尽，他明确地感觉到王海生心中肯定有什么事情。又走了几步，王海生停了下来，转头对南生道：“南生，咱们做一个约定吧。作为我最好的朋友，咱们就死亡这件事情来做一个很有意思的约定。”

南生点了点头，毫不犹豫地回答道：“你说吧。”

王海生道：“我想说的是我们两个人不管是谁，只要其中一个死了，如果真的有死后的世界，如果真的有鬼魂的话，那么死去的人一定要想办法把这一切告诉活着的人。”

南生就道："你的意思是我比你先死的话，如果真的有灵魂的话，我就回来找你，告诉你这件事，如果你先死的话，你也这样做，对吗？"

王海生点头，伸出手："对，我们必须这样做，因为这也许是我们了解死后世界唯一的方法。"

南生笑了笑，觉得这有点幼稚，而且他们俩离死亡似乎还相当遥远，这样的约定本身就显得特别可笑。即使这样，他还是把手伸了过去，俩人拉拉钩。"好，一言为定，我希望这样的日子晚点到来。"

王海生就道："也许这些事情并不是咱们说了算的。"

这个约定做完大概两周后，南生和王海生告别，结束了海边的假期，回到了上海。

三个月之后，王海生在花头礁遇到海难，连尸体都没有找到。

王海生的死，南生并不知情，但王海生死后一个月，南生开始用蛮话说起了梦话。

第八章
他遵守了约定

六年之后，南生坐到我们面前，说到最后那几段的时候，我毛骨悚然，满身的鸡皮疙瘩都立了起来。他当时跟我诉说时那种苍白的表情，说明他自己也承受着极大的心理煎熬。

半晌我们都没有继续，我深吸了一口气，才从最后一句的压迫感中释放出来，问道："你的意思是，他遵守了约定。"

南生点头。

"从逻辑上来说，这确实讲得通，但如果是这样的话，也有一些不合情理的地方。"我说道。不能单纯地使用这种情节推理来判断一件事情，小说可以，一般的读者只要有阅读快感就行了，但是这种现实事件，其中的巧合还是很有可能通过非超自然的办法解释的。"王海生如果真的变成了鬼魂，通过在你梦中说话的方式告诉你阴曹地府真实存在，那么在你发现你用蛮话开始说梦话，或者，最不济在你三年后意识到这是蛮话的时候，信息已经送到，这种行为就可以停止了。你现在还说梦话吗？”

南生脸色苍白地点了点头，又从自己的口袋里掏出了两三支录音笔，显然一直没有停过。

我说道：“不管是人还是鬼，用六年时间来告诉你，灵魂的存在，而且从不中断，这未免也太敬业了。”

“我也想到过这一点，也许王海生的状态并不是如我们想的那么理性化，但是毕竟他记得约定，并且找到了我，这说明王海生做这件事情是有自主意识，并且有逻辑的，”南生说道，“他连续六年，每天晚上不间断地告诉我这些东西，每晚的内容都不重复，确实不同寻常，我相信他应该是想传达比‘有鬼魂存在’更加复杂的信息给我。我听了很多次录音，想从他的那些话中听出什么来，但是毫无头绪——说实话，这是我的私事，我也不害怕王海生，他是我少年时期的好朋友，我相信他不会害我。我来找你，特别是还麻烦了海流云，是因为后来还发生了一些事情，这些事情我自己无法解决，也没有任何人可以帮我。”

南生的脸色丝毫没有好转，仍旧陷在极度紧张的状态下。看样子，他害怕的并不是自己身边可能在闹鬼这件事情。

我对这个年轻人刮目相看，就点头，让他继续说下去。

“这个信息，应该和花头礁有关，”他继续道，“他这六年来，大部分的内容，都在重复他在花头礁上看到的奇怪的东西。而前一个月，我的梦话……终于进行到了他临死前的那一次出海，我相信，我很快就能知道事情的真相了。”

“那你希望我帮你什么呢？”既然你是来寻求我帮忙的，我心说。

“我预计在一周之内，我的梦话就会告诉我，王海生最后一次去花头礁，到底遇到了什么——他是怎么死的——然后我有一种不祥的预感，我预感我知道了这件事情之后，我也会遇到什么不好的事情。”

“嗯哼。”

说到这里，我心中也起了不祥的预感。确实应该有这种感觉，因为好莱坞电影都是这样拍的。

第九章
做个备份

他继续道："王海生让我接受这一切，用了六年时间，从现在来看，这件事情非常匪夷所思，背后应该会有深意。假设我因为知道了什么而发生意外，我需要有一个人能接替我帮我将这件事情继续调查下去，至少这件事情不能这么不了了之。"

我点头，这个要求很合理，他希望这件事情在我这里有个备份。

因为我比较能够接受这种事情，同时好奇心又强，最重要的是，我已经前期了解过这件事情了，如果要调查，可以从他的断点开始，不用从头来过。

"我觉得你不用太担心，如果你要有事，肯定早就发生了。"我安慰他道，虽然我心中知道，这件事情比较奇怪，所以不能用常理去推断。

海流云在一边说道："本来我也可以是这个人选，不过你的人脉和社会地位在这里，做事情比我方便。直接找你可能比较爽快，你毕竟是大作家。"

我干笑了几声，因为此时担了些责任，不由得有些担心起来。

不过，既然之前说了自己对这件事情有兴趣，这时候也不好反悔，于是我点头。

南生告诉我，他会把他最后几天的录音都整理好，定期发给我。他会待在苍南，如果在梦中获得和当地有关的线索，他可以马上去查证。他也打算如果有可能，包船去一趟花头礁，去那边看个究竟。

我建议他使用比较现代的船，多带一些人去，宁可花点钱——既然感觉不太好，就要做万全的准备。如果金钱上有困难的话，我可以支援一些。

他不置可否，显然还有我不知道的事情没有说出来。当然这是我的感觉，不能勉强。我最后给自己留了一个扣儿，说：“如果你还有隐瞒或者没有告诉我的东西，那么我最后没有能帮到你，你也不能怪我。”

南生道：“我确实有一些保留，和我的隐私有关，但假设真的有事发生的话，我有办法将这些保留的事情也让你知道，但我现在不能说我会如何做。”

事到如今我也不能再说什么，我点头：“好的，我等你的好消息，希望一切都不要发生。”

南生点头，便离开了。

这天是2012年5月12日，之后的时间我一直在养病，以及处理我的小说。南生的事情时不时地在我脑海中想起，我也让我的助理常常去关注海流云的消息，但是一直没有东西寄过来，连之前说好的后面的录音也没有。

这倒是不奇怪，现在人说话不算话的大有人在。很多时候是当时气氛使然，冷静下来之后就不会去履行。

就这么经过了三个月时间，到了八月中旬的时候，天气已经非常非常热了，在炎热的天气下，加上又没有任何的消息，我开始慢慢淡忘。当我重新想起这件事情是我在收拾东西准备出院的时候，发现了之前寄给我的录音笔，我当时打了个激灵，似乎是我疏忽了，好像某个责任没有尽到一般。

不过想来之后南生并未寄给我任何的包裹或者单个的笔记本，这是不是说明后续没有事情发生，这件事情已经得到了圆满的解决？

当时的精神状况不错，我的精力很充沛，想起南生说的那个诡异的故事，不由得好奇起来，于是想去主动询问一下。

第十章
海流云全家都疯掉了

我那天晚上做了两件事情，一是让我的助理去联系海流云，二是重新听了一遍南生之前的录音。

让助理去联系不是因为我傲慢，而是因为海流云毕竟是已婚的女读者，我经历过一些误会，觉得在男女关系上还是中间有个缓冲比较好。

两件事情都没有结果。

海流云没有回复，她的手机是关机的，座机也没人接。

录音笔里的内容重新再听只是让我想起了当时很多的细节，没有更多的启发。

这样的调查，一直持续了一周时间，我忽然感觉有点不对。南生不和我联系，也没有任何东西寄给我，这些还都可以解释，但是海流云不应该联系不上。她以前是那么热衷于联系我。我甚至有她家里的座机号码，她和自己的公公婆婆一起住，座机打不通的概率太低。

我和她之间的联系已经超越了一般读者和作家之间的关系，她就算突然粉转黑，也不至于在现实中拒人于千里之外。

我心中因为之前的遗忘，有很强的沮丧感，害怕会不会因为自己的懈怠，很多事情已经被我错过了。说实话我还挺想知道后续的发展的。

所以我在周一，整理了自己的工作，就让司机送我去乐清，先去找海流云。

路程将近五个小时，我开着录音笔继续听当时的录音，一路打瞌睡，到的时候已经是傍晚。

吃了番薯黄夹当晚饭，我就照着地址找到了海流云家。那是一处自盖的农民小楼，大门是黄铜的，据说她老公是做海鲜餐馆的，很有钱，所以她闲得到处在网上追我的小说看。这黄铜的门估计炮弹都打不穿，符合海鲜行业老板的性格。

敲了半天门，弄得我一手灰，里面也丝毫没有动静，倒是把隔壁的狗全部敲得叫了起来。

隔壁老太太出来看发生了什么事情，我用蹩脚的乐清话问这家人到哪里去了？

隔壁老太太打量了一下我，就说道："阿娟疯掉了，全家都搬走了。"

阿娟？海流云是网名，阿娟是真名吗？我形容了一下海流云的样子，老太太点头："你说的就是阿娟，她现在在乐清中医院，疯掉了。"

我有些背脊发凉，"她老公呢？"

"全家都疯掉了。公公婆婆也疯了。"老太太说道，"小孩子现在外公外婆带着。也不知道中了什么邪，全家一个一个都疯掉了。就剩一个小孩子，可怜哪。"

说完她就把门一下关上了，好像我也是疯的一样。

我在黄铜门口站了一会儿，手足无措，只能离开。

我头皮发麻地回到酒店，感觉很乱。海流云不会无缘无故地疯了，在这段时间里，确实发生了什么。

第十一章
死的人是谁

在酒店打了几个乐清老关系的电话，我不知道海流云的真名，只知道一个娟字，只好去查全家都疯掉的案子。这一定是一个案子，不管在任何朝代，一个家庭短时间内同时出现精神问题，这中间一定有蹊跷。而且一般都会和“灵异鬼怪”的传说有关。

我连夜到了乐清的中医院，通过我外公那边的亲戚关系，得到了探视的资格。确实我的作家身份还是挺有用处，比某些职能机关还要好说话，毕竟这两个字大家都不了解。

我走进医院的时候，觉得真搞笑。上次见她，我在精神病院，如今却倒了过来。

到了病房我也才意识到完全不是这回事情。

我是在疗养，而她确确实实是真的疯了。

她住在单人病房里，不是因为有钱，而是因为她的攻击性十分大，是属于人们传说中的最可怕的那一类疯子。

我坚持要和她面对面见一次，最终医生也只是让我隔着门，我叫了她一声，她抬头看到了我。我看到她最起码老了十岁，整个人形同枯槁，眼窝深陷，眼眶中布满了血丝。

我很担心她会失去理智到连我都不认识，但是看她眼神的变化，她还是把我认了出来，接下来她的表现至今都让我觉得恐惧。

她猛地冲到门前，用力摇晃着门。我一开始以为她要攻击我，但是她随即大叫起来，我听不懂她叫的内容，她似乎是将乐清土语比较含糊地喊出来，需要土生土长的乐清人才能听懂。

她一直敲着门，眼神都涣散了，一直叫着同样的一句话，用头撞击铁门。医生立即把我拽开了，护工冲了进去，把她按在床上。

我浑身冷汗，问道："她在叫什么？"

医生道："她在叫，不要去花头礁。疯了之后，她一直重复这句话，没有说过其他的话。"

我跑到医院的阳台上，点上一根烟抽起来。抽烟对我的精神疾病并没有好处，但是我感觉，如果不抽就会被那凄厉的喊声带到另外一个世界去。

抽烟的时候我的手都是抖的，医生叹了口气，脸色也不好看："很久没有遇到这样的病人了，这种人只有在旧社会才会出现。"

"病理是什么？"我问道。

"最奇怪的就是这点，没有病理，她的大脑脑电图是正常的，但是现在大部分精神病人都没有器质性病变，所以我们查了她的精神历史，发现是突然发病，他们家族，都没有相似的经历。"医生道，"她是出海回来之后开始发病的，详细的过程，她的同伴有详细的笔录。因为同行中死了一个人，我们认为是惊吓导致的精神分裂。"

死了一人？我心中啧了一下，难道海流云和南生一起出海了？死的人是谁，难道是南生，当时说的预感真的发生了？他没有东西寄给我是因为来不及寄出就死亡了？

第十二章
奇怪的东西

医生把一只信封交给我："在这儿看完还给我。"

我点头，医生就想离开，我问道："她老公和公公婆婆是怎么疯的？"

医生指了指信封，意思是全在里面。

八月的乐清非常炎热，我抽完烟，感觉自己安定了一点，便进到了走廊里，坐在探病人坐的塑料椅子上，迅速看完了资料。

情况和我想的差不多，海流云是和南生一起出海的，显然是海流云动用了自己老公的关系。这份笔录是他们船老大口述的，船老大是一个中年人，叫作胡富林。过程很简单，他开着大船到了环礁的外围，然后南生和一个渔夫划平底船进了礁群，前往花头礁，结果过了三个小时还没有回来。

因为天要黑了，之后海流云和一个渔夫进去找，出来的时候，他们两个都已经精神有点不正常。海流云是其中最严重的，上岸之后当晚就发作了。

海流云回到乐清就入院了。不知道为什么，他们家里人也开始出问题，但是情况较轻。在医院的记录上，写着他们的病症，海流云的家里人认为自己家里有“奇怪的东西”。

所有的家庭成员都说，他们家一个房间的天花板角落，吊着一个东西。

不知道是其中哪位，还用圆珠笔把那个“东西”的样子画了出来，事实上画并未成形，我只能看出一大团歪歪扭扭的线条。

据我所知，精神科医生对于“幻视”的病人一向是很谨慎的。所以初期并没有建议住院。不过这个状态应该是真疯了。

如今他们应该也在这家医院里，但是我和他们不认识，不找个理由恐怕不太好交流。

“我是你老婆的偶像，特地来问问你们为啥发精神病，顺便告诉你们，我也是精神病。”

如果我这么说，这是要被她老公咬死的节奏。

现有证据指向毫无疑问，海流云肯定在花头礁看到了什么，她看到的东西让她极度惊恐，以至于疯狂。至于为何疯狂会蔓延到她家里，暂且还没有定论。

我的后脑勺直发紧，一般小说写到这里，主人公必须要去花头礁查看一下，否则故事情节无法推进。但是我现在浑身的戒备都告诉我，千万不能去。

我吸了口气，浑身发抖。这种感觉让我很恼火。这不是去或不去的问题，而是我对于自己现在的这种控制不住自己发抖的状况的恼怒。

档案里并没有写南生的情况，不知道最后是找到了，还是和王海生一样，在海上失踪了。

在那种地方失踪，等于是死亡。记录中没有死亡者的介绍部分，为什么？文件被警方拿去了？

去问医生医生也不知道，说王海生失踪的事情是听海流云的丈夫说的情况，毕竟病历中不可能出现这么详细的和病历无关的东西。

我将档案还回去，就回了酒店。在酒店的游泳池游了两个一千米，因为我不想当天晚上失眠。

泡在水里，我就开始为自己制定计划。

这件事情我一定得查清楚。之前老是抱怨自己的人生无聊，如今真的遇到事情了，反而是这样的状态，我自己都会看不起自己。但是也不能蛮干，不能成为美国恐怖电影的炮灰。

要去趟苍南，见一见包船的船老大。他在事发第一现场，也许有什么笔录中没有的线索，问他比问警察方便。还要找一找那个叫作阿鸿的人。我希望知道王海生当年发生的事情。两件事情的对比，会出现关键线索。

当然，首先，我要找一个人帮忙。

第十三章
海骚子

古龙的小说里介绍一个高手，往往采取短句的模式。

楚留香要去找张三。

张三李四的张三。

是的，他的真名就叫张三。

一眼读去，就知道这个人非同一般。我要找的这个人，没有那么戏剧化的姓名，甚至我没有打算暴露他的真名，我们都叫他小林。

小林是我的同学中唯一一个苍南人，我找他帮忙不仅是因为他家是在苍南很大的船东，而是他本身就是海骚子。

海骚子是我们给他起的外号，他是一个对海有着超凡感情的人。小林大学时候的梦想就是海洋的环境保护，毕业之后回到家乡，对于家乡一带的海洋环境非常熟悉。最让我看中的，是他在环境监察局工作，拥有大量海上工作时间，所以他出海的时间可能比某些渔民还要多。不同的航线，不同的船，他都要定期去走走。

当然他也可以不去，在办公室里吹空调，但是对于海洋的热忱不容他休息。

小林是个理想主义者，因为嘴唇很性感，他还有一个外号叫作樱桃小林。

小林的外貌比较清秀，身高不高，一米七三的样子，但家里有钱，是我们以前的寝室长。我们忙着打工恋爱打游戏的时候，他一直坚持自己的专业理想，总之是个内心很有力量的人。

见他的时候，他穿着一身黑色的休闲装，全部都是修身的。他人比以前显得精神，一看就知道是在恋爱阶段，刚约会完回来。他很会捯饬自己，虽然身高是他自己耿耿于怀的。

不过我懒得问他私生活的事，他肯定各种推三阻四，顾左右而言他，拒不承认。我单刀直入，和他大概把事情描述了一遍，他以理想主义者的态度鄙视了我的想法。

“怎么这么久了，你神神道道的毛病还没改？啊，对，听说你现在都能靠这个赚钱了。真是，中国人口太多了，神经病都撑起一个行业了。”

小林的嘴巴相当损，我早就习惯了。

我知道他肯定不会信，因为理想主义者普遍都比较自大，但是没有关系，他讲义气就行了。我说：“是不是歧视心理残疾人士？这个时候，我可是最需要老同学的关怀。”

他呵呵笑了一下：“我当时高考的时候真应该再用功点的，摊上你这么个室友，你想出去玩一趟就直说，虽然我权力不大但还是可以替你安排的，你自己付钱就行。”

他和我说，去花头礁四周得找大点的渔船，先到旁边一座礁盘上待上两三天，吃吃海鲜玩一玩，要靠近花头礁要在涨潮的时候，否则平底船也很容易被困住，那儿风景还是不错的。

他把我当成找个借口来找他玩玩的同学了，这也就罢了。和他聊过之后，我竟然也觉得自己的恐惧好像有些可笑，似乎是陷入自己的小说情节了。何况他还说过，花头礁他自己都登上去过十几次，一点儿事情都没有。

我和他约了三天后出海，一切事务由他来安排，我只要负责买啤酒就行。一切准备妥当之后，再通过他的关系找到了南生出海时候的船老大。因为南生出海这件事情比较有名，当地也不大，小林又有政府背景，找起人来很容易。

一开始船老大不想见我，小林做了很久工作他才勉强答应可以聊几句。我去见船老大的时候，他正在晒鱼。院子里坐着另外一个年轻人，一问才知道，这个年轻人就是南生梦话里的阿鸿，大概是小林和船老大说过还要找这个人，两个人觉得麻烦，索性一起来了。

船老大非常瘦，按道理渔民的状态应该都很相似，高强度的劳动，长时间的日晒，身上有着水藓，和被海风吹得粗糙的皮肤，但是船老大的脑袋显得很有特色。他身体瘦但是头很大，而且完全没有头发，头的形状还很怪。

如果一定要形容，我只能说他长得像卡通片里的人物。而阿鸿是一个四肢短小的小胖子，眼袋很大，一副纵欲过度的样子。两个人都很爱抽烟，看我的眼神说不上友好。

这一路过来，我感觉自己很像调查记者，打开录音笔放在旁边，我就开始问准备好的一些问题。小林还瞟了我一眼，似乎觉得我还挺矫情的。这种一起长大的人就是麻烦，熟悉你在学校里穿着裤衩搞怪时的样子，你一活出点人样来，他们反而觉得你滑稽。

我没空管他，很严肃地对着船老大和阿鸿，不过这两个人完全不按照我的提问来回答，直接上来反问我：“你是要到花头礁去吗？”

我点头。

看到我的回答之后，两个人都摇头：“不要去。”

我问为什么，阿鸿就说道：“那块礁石本来就很邪门，不要去，这几年我们打鱼都不敢到那儿去打了。”

我叹了口气，心说不用再渲染了，直接告诉我我想知道的事情，如果把我吓到了，我自然就不去了。于是我问道：“之前阿娟和那个上海来的、叫作南生的小伙子去了之后，发生了什么事情，那个小伙子后来怎么样了？”

船老大说道：“小伙子，你说那个小南吗？他没事，他回来了。”

第十四章
礁石上面有什么

我皱了皱眉头，我原本以为会听到南生死在了那里，没想到船老大竟然告诉我，他安全地回来了。那死的那个人是谁?

“死的那个人是老军。是一个渔民。”

我心中“咯噔”一声，写作的时候对于细节的记忆习惯还是瞬间让我想起了这个名字。

老军，这个人就是梦话中，王海生说的阻止他出海的人。

“老军让我不要去。”

当时梦话里提到的时候是这样说的。

船老大继续说道：“小南和那个阿娟刚来的时候，要找人打听一个叫作王海生的人，这人很多年前就出海死了。老军是王海生的舅舅，我就介绍他们认识了，他们聊了一晚上，老军就来找我，说他们两个要出海，我就接了生意，老军也跟着我们出海了，结果出事了。”

“他是怎么死的？那个老军？”

“在海上还能怎么死？淹死的呗。在礁盘边下水特别危险，一个浪过来直接把人拍到礁石上，礁石上全是藤壶，刮胡刀搓板一样，一下就皮开肉绽，如果头撞到，几下就死了。那天后来浪太大了。”

老军是和南生一起攀上的花头礁，在礁石上跌落的，尸体后来没有找到，他的死亡是南生回到船上之后，从南生的口述中得知的。小林在边上补充道：“这事我知道，那个叫阿娟的女的的老公因为这事给老军家赔了不少钱。回头老军的婆娘就改嫁了。现在好多婆娘天天盼着你那上海朋友再来几趟，把她们死鬼老公在花头礁换成钱，她们好改嫁盖新房子。”

这有点太损了，不过船老大和阿鸿都笑，显然都不是很在乎。船老大还看了自己老婆一眼。

“那个小南，一点事情都没有？”我奇怪道。

“一点事情都没有，”船老大很淡然地说道，似乎这件事情非常正常，正常到不需要去回忆。他坐到竹椅上，揉了揉膝盖，忽然想起什么似的：“不过，他是比阿娟先回来的。”

我愣了愣，船老大看着我，“阿娟去找他，出去之后不到十五分钟，那个男孩就回来了，之后阿娟隔了一个小时才回来。那个男孩子回来之后，说老军掉海里去了，他什么都没有看到就赶紧回来，因为他不会划船绕了个大圈子，但是阿娟回来之后就疯了。”

我呆住了，之前医院的笔录太不完整，没有写明这些。

也就是说，其实南生什么事情都没有遇到，而陪他出海，并且在他失去联系后去找他的海流云，却遇到了本来他应该遇到的事情。

“到底那礁石上面有什么东西？”我自言自语道。看向阿鸿，当年他和王海生出海，王海生看到了那个东西，他也应该看到了。

阿鸿吐了口烟，露出已经松动的牙齿，说道：“你是说那帮人要找的是王海生说的那个东西？那个东西是海观音。我和海生讲过，海观音是要害人的，他不信。”

第十五章
海观音

海观音是苍南一带民间传说中的东西，和观音没有什么关系，属于海怪的一种。传说这种东西经常立于礁石之上，因为长有很多只手，所以在黑夜或者黄昏清晨的时候，路过的渔民看不清楚，会以为是观音菩萨显灵，而靠近跪拜。往往会被海观音潜伏在水里的部分拖下水去。

当然，这种说法我也不相信，但是为了让阿鸿能在我这里找到一些成就感，我还是装成非常相信的样子，并让他尝试画下海观音的样子。

阿鸿勉为其难地画了，虽然画工非常拙劣，但是我还是能看出这东西的几个特征。

第一这东西不大，估计也就一个人大，有很多的手。

这个我有所保留，因为阿鸿认准了这东西就是海观音，他会在自己的潜意识里有加工，不过，这东西身上已经有很多类似于手的突起，倒是真的。

第二个特征，是这东西身上的曲线，是有棱角的。

这一点，相信阿鸿的印象很深，所以他努力将这个细节画了下来。

我拿着画放远了看，又放近了看，忽然意识到，阿鸿不是在说胡话。因为这东西的样子，和我在乐清医院的档案里，看到海流云家人画的，认为出现在他们家里的“奇怪东西”一模一样。

难道，海观音“跟”在海流云的身后，回到了她的家里？连她的家人一起害了？

这实在令人有些毛骨悚然，但我仍旧是不信的。看着阿鸿画的图，图上有棱角和大量突起的东西，我宁可相信这是一件物品。

但这是什么东西呢？说实话，我的第一个念头，这似乎是个人造卫星，不过上面所有的天线都被扭曲了，形成了手的样子。

或者这是个类似于电视天线的东西，以前老的电视天线都像雷达一样，扭成各种形状树一样立在房顶上。

但是不管这是什么东西，都不应该出现在远海礁石上。如果是人造的东西，那么一定是人摆上去的，会不会是水文仪器之类的东西？

我转头问了小林，小林说不可能，没有这种先例，除非有那种大型的中央科考队，CCTV 直播的国家项目，才有可能在外海边缘线做这些动作。但是，他也没听说过有这种形状的水文仪器。

“还有什么细节吗？”我继续问，“你看到这东西的时候，为什么觉得它是海观音，除了这些手，还有其他理由吗？”

“它会叫，”阿鸿抽了一口烟，做出了几声类似于鸡叫的声音，“它就是这么叫的。我没过去，海生过去看得更仔细了。他和我说的。”

“蛮讲（胡扯），鸡怎么可能是这么叫的。”船老大就在边上大笑，觉得阿鸿的样子很好玩。

我挠了挠头，实在有些头大，这些信息实在不够做任何的判断。看样子，只有到花头礁现场去看看，才可能有进展。

第十六章
出海玩儿一趟

临走前，我要走了阿鸿的画。从船老大家出来，小林就对我说道：“渔民在海上遇到的奇怪事情多了，多一件不多，少一件不少，捕鱼的人遇到船难回不来也是常有的事情，所以他们不会太在意的，他们说的话，你自己掂量着信不信。”

我点头，对他道：“你说我要不要买份保险什么的？”

小林扬了扬眉毛:“买什么险种,傻子险吗？你现在买属于骗保啊。”

我听了不禁莞尔，这小子如果在网络上当段子手早发财了，所以说人各有命，和能力没太大关系。

接下来我一直在忐忑不安中度过，但是等我上到小林给我准备的船上的那一刹那，我忽然意识到，为什么小林会觉得我只是找个借口想出海玩一趟。

我们将船开往大海，往远海开去，渐渐看不到岸边，四周什么都没有。我开始明白，在这么辽阔而单调的地方，要看到任何我想要看到的东西，希望都是非常渺茫的。

非常有可能，这就是一次出海狂欢的旅程。我们在花头礁上什么都不会发现。因为在王海生死亡到现在这段时间里，已经有无数的人登上过那个岛，要是有东西在，早就应该全沿海岸都知道了。

有了这个预判，我慢慢地也就不那么忐忑了。一路往东南，在海上路过了六个盘礁之后，我们来到了离花头礁最近的一块盘礁边缘。

这片区域的名字叫作琵琶礁，形状像一把巨大的琵琶，中间有潟湖，东边有缺口，使得海水通着潟湖，里面有非常美味的一种贝类。

琵琶潟湖之外的礁盘面积很大，所以成了渔民休息的地方。上面用珊瑚和木板搭着简易的棚子，能看到棚子顶上立着我们的国旗。

和基督徒在海外看到教堂一样，在这种地方看到我们的国旗，有一种被某种力量保护的感觉。

这里离内陆已经很远了，我们在海上起码航行了十六个小时，到的时候是深夜，四周除了海浪声一片寂静。

作为写作者我很喜欢这样的状态。点燃篝火，我们避开了白天强烈的日照，晚上海风的凉意很舒适。船老大就是当时带南生去花头礁的船老大，他会完全按照南生他们的路线带我们重新走一趟。

晚上用捞来的贝壳煮汤，喝了点酒，靠在石头上我就睡着了。第二天起来的时候，脑子里感觉像放了冰块一样，疼得厉害。

船老大找了一些之前南生他们在这里休整的痕迹给我看，他们当时的篝火堆，丢弃的一些垃圾。没有什么特别的东西，不过看到这些东西，我还是有些感触的。

南生和海流云在这里狂欢的时候，知不知道他们十几个小时之后将要遇到的事情？那个老军，知道不知道他会死去呢？

琵琶礁上没有发生什么特别的事情，我之所以要详细地写下来，是因为我们在礁上度过了三天非常轻松惬意的日子，我愿意记录下来。我晒黑了很多，船老大每天都会先去花头礁附近看水位的情况。根据他们的经验来讲，这里的水位一般是每三天到四天有一次变化，我们等了三天时间，每天吃海鲜，胡乱聊天。陆地上有很多烦人的事情，很快我就忘记得差不多了，这里也没有手机信号，对于避世者完全就是天堂。

这段日子和之后我在花头礁遇到的情况，形成了天壤之别。

第十七章
前往花头礁

总之，我们是在三天之后前往花头礁的。大船到了礁外沿之后，远远地已经能看到花头礁在我们的视线的远方，目前还只是一个黑色的小点。

我们换上皮筏艇向花头礁划去。海面的风略微有点大，船老大提醒我们早去早回，那地方什么都没有，不要耽搁太久。

我怀着轻松的心情向目的地划去。靠近目的地不到两百米的时候，我什么都没有看到，只看到浪打着礁石。我已经给这一次旅行下了一个定论，这就是一次出海吃海鲜的腐败游。

这不是小说，没有那么环环紧扣。

虽然看起来不会有什么发现了，我们还是将皮划艇靠到了花头礁上。小林将我拉上了礁石，那上面比我想的要大很多，如果在这上面盖个别墅还能送两百平方米的院子。浪很大，大部分礁石都是湿的。

整个礁石是一朵花的形状，说是像莲花太矫情了，但看上去就是一朵展开的花，难怪叫作花头礁。

石头很嶙峋，海浪的侵蚀不同于缓慢的磨砂，把石头拍得奇形怪状，坑坑洼洼，礁盘表面有大量巨大的裂缝，底下漆黑一片，能看到海水不时涌上来，那些裂缝需要靠跳跃才能过去。我看到了藤壶，在水线上下长得密密麻麻，好像石头腐烂了一般。

这上面什么都没有，船老大说得没错。

阿鸿说，海观音会发出一种奇怪的叫声。我转去听四周的声音。

海浪声很大，同时伴随着海风的巨大轰鸣，在这样的环境中，就算扯着嗓子喊，稍微隔远一点儿也很难听到。

但是不知道为什么，也不知道是不是错觉，我总觉得环境中存在那种鸡叫声。

当然，仔细去听的时候，什么都听不到。

感觉那应该是阿鸿的错觉，或许是这里的海风吹过礁石间的缝隙产生的某种次声波。

可我还是不死心，仍旧在礁石上仔细地寻找，但是拍上来的海水让我根本无法集中注意力。

我折腾了十分钟，然后点了一支烟，小林拍了拍我的肩膀，这其中的意思大概是——

“早和你说过吧，菜鸟。”

我爬上了一块比较高的礁石，往四周看了看，只看到了茫茫大海。当时王海生应该和我们船来的方向是同一个方向，他在船上看过来，能看到的部分是花头礁的北边。

我踱步到北边，这已经是最后的努力了。走到海浪打不到的地方，我叹了口气，就在这个时候，我想起了一个细节。

为什么老军会跌落下礁石？

对于一个老渔民，这样的事情发生的概率太低了。

如果不是意外，也不是南生因为口角推他下去的，那么，老军到水里去是有原因的。

我开始把注意力放到礁石的边缘，小林提醒我这十分危险，所以我几乎是蹲着身子挪过去的。他喊道："你就算蹲着，该掉下去还是会掉下去。那地方危险，不是说你站着危险，快回来！"

我没理他，缓缓沿着边缘寻找，出乎我的意料，十几分钟后，我真的看到了在海水中的一个影子。

这影子在海水里面，浪花的泡沫很多，这里又是深海礁区，估计这礁石下面就是悬崖，海水颜色很深。如果不走到这个地方，很难看到。

我能看到是因为我走到了这个地方，而且这个影子的形状，一看就不是天然形成的。

很多的触手一样，确实是天线一样的样子，影子的形状看去更像是一棵奇怪的水中的树状艺术品。

我叫了小林一声，指了指水下的影子，浪花的状态一变，我们就什么都看不到了。

"你现在还觉得我是神经病？"我得意地说道。

"你神经病是你自己说的，我只是说你是傻子而已。"小林瞟了我一眼，"先别得意，说不定是什么大海蚌之类的。"

"你才是大海蚌。"我骂道，"又不是西游记。"

我有一种恐惧和兴奋交织的感觉，看了看四周，茫茫大海，这块礁石真的有蹊跷。

有可能是王海生出海的那一次，海水水位是一个特殊的超低点，所以这东西露出了海面被看到了，后来水位上涨之后，再也没有达到这个超低点。

那到底是什么东西被安放在这里。那影子看上去不像是什么海中的妖物。到底是什么？

第十八章
潜水

想潜去水里看个究竟，可是没有带潜水的设备，所以我们只好回到船上，和船老大商量，想让船老大帮我们下水去看看。

和船老大一商量，加钱是不用说的，可他仍旧不是很愿意帮我们。之前他说过，因为这附近的浪太大，如果潜水下去之后一个浪打来，把人拍到礁石上，这些石头上的突起都和刀一样锋利，一个不小心，浑身一块好肉都不会剩下。很多海难的尸体在礁石群里发现都是碎的，就是这个原因。

船老大答应我们先过去看看，看完之后，更是加钱都不肯让我们下海了。他找人拿来了船钩，绑上压舱石丢进水里想勾住那个东西，可是浪太大了，钩子下去勾住之后马上就被浪打横滑脱，有几次勾是勾住了，但是用力拉的时候，那东西似乎卡在石头缝隙里，松动一下之后就再也拉不起来。

船老大和我说，这几天浪是不会小下去的，还得等时机。

小林很不地道，可能是和渔民耍惯了，偷偷和我说，塞钱给伙计。“你不是有钱吗？这方圆几百公里，能用钱做点啥的地方就这几平方米。何其幸运。”

“原来你小子说话那么损是嫉妒我有钱吗？”我恍然大悟道。

“不是，我是不爽你那么蠢但是还比我有钱。”小林给我打了个眼色，“这种事情我不好说，你自己上吧。”

出海捕鱼收入很低，船老大克扣得很厉害，这种大船更是这样，给够钱的话就好办事。

于是我去交涉。这一船的人说的都是金乡话，小林负责翻译，我偷偷和几个伙计商议。果不其然，其中有一个身上文满了奇怪文身的小伙子自告奋勇地报了名。

这家伙是畲族的，姓蓝，我叫他蓝采荷，因为他确实是伙计里最年轻的一个。

他说他再过一个月就要离开这艘船，所以帮我无所谓，但是如果其他人收了我的钱，也就相当于和船老大闹翻了。

我们和蓝采荷约定了，等浪小些，他帮我们下海去看看。

我们重新上了皮筏艇回到礁石上，在极强的日晒下等到风浪缓坡的时刻，用绳子绑在蓝采荷的腰上，他就迅速攀着礁石往海里潜去。

我看到他上上下下围绕那个东西游了好几十次，才出水告诉我们：“这东西好奇怪。”

“怎么了？”

“不知道是什么做的，是软的！但是韧性很强，使不上力气。”

我立即意识到之前拉的时候感觉到的奇怪手感，如果下面这东西是软的，那么不怪铁钩那么难勾住，勾住之后也很难使上力气。

“你们上船去，我把钩子绑在皮筏艇上，不往上拉，往外拉看看。”蓝采荷道。

我们照办，绳子绑住之后，蓝采荷爬了上来，说这要拔不出来，我也没办法了。然后拿起桨，和我们一起用力往外划。

浪打来之后被反弹形成冲力，加上我们划桨，绳子绷紧，松掉，绷紧，松掉……整了十几分钟，忽然礁石那边发出“咕隆”一声，绳子一下松了。

“断了？”我问道。

蓝采荷站起来拉动绳子：“没断，我们把那东西从礁石上扯下来了。”刚说完，绳子忽然开始急转直下往下沉去。转眼间，绳子就被绷紧，拉动我们的皮筏艇往前一冲，接着皮筏艇整个像泰坦尼克号一样被翻了起来。所有人都被甩飞进了水里，皮筏艇直接被拖进海里，瞬间就看不到了。

我从海水中探出头，心里庆幸我没有自己笔下的主人公那么弱，我的水性还是非常好的。

海水咸涩，刺痛我的眼睛，我眯着眼睛转头看了看，就发现小林不见了。

一边蓝采荷探出水来，大喊：“他被绳子缠住脚，被拖下去了。”

“下面有多深？”

“不知道，不会很深的，最多三十米。”

我心想，老子游过的最深的地方是两米二，社区游泳池深水区。

我翻身一把潜入水里，海水刺得我的眼睛非常疼，我看到了橙色的皮筏艇就在水下四五米的地方，下沉已经变得非常慢。

我只能看到一个模糊的影子，努力潜水下去，就看到那傻子已经死挺在皮筏艇的背面。

我努力游过去，拉住绳子，显然绳子那头的那个柔软的东西非常重，将皮筏艇往下拽去，可我游到小林边上，却发现他根本不是被绳子绑住了，而是抓着绳子跟着往下沉去。

我游到小林身边，此刻他非常冷静，用手指了指一边的礁盘水下的部分，我看了一眼也惊呆了。

第十九章
发现“牡蛎胶囊”

模糊中，我第一次亲眼见到了这后来被我们叫作“牡蛎胶囊”的东西，布满了水下礁盘的表面。

成百上千，阿鸿和蓝采荷的叙述完全无法让我想象到，这个东西原来是这样的。

根部紧紧地贴着礁石，和牡蛎附着礁石的方式相同，身体是一个类似于鸡蛋的椭圆形金属胶囊，上面已经布满了海锈，胶囊的尾端有很多天线一样的突起，但不是针刺形的，而是犹如缎带。

在水流中，这东西不会摆动，看来是刚性的，不过蓝采荷说这东西是软的。很可能是类似于锻钢一类的材料。

这东西也已经腐烂得差不多了，上面全是附着的海锈和藤壶。在水中看起来，面目骇人。

这该不是一艘沉船的遗骸吧。我心说。这些金属布满锈迹的部件，看上去真的很像大型沉船的某一部分。

或者说，像开在礁石底部的一种铁锈之花。

小林的气也憋到极限了，我们两个人一起浮了上去，面面相觑，大口喘气。

我想重新游回到礁石上求救，小林摆手，我回头就看到一个巨大的浪头从我们头上打了过去，把我们重新拍进了水里。

再次浮上来，我就明白在这种浪花下，我们没有经验，回礁石很容易受重伤。小林再次潜入水中，从皮筏艇上拔出一把刀，切断了往下拉的绳子。

皮筏艇瞬间浮上了水面，我们把它翻正了，都爬了上去，不知不觉眼睛都已经辣得睁不开了。

“那种海锈最起码有二十年的历史，这东西在这里很长时间了。”

小林仰面说道：“牛气啊，还真让你找到一件真正神神道道的事。”

二十世纪八十年代末九十年代初，这边还非常穷苦，当时正是全国经济刚刚崛起的时候，这附近也没有什么大型的勘探业，说白了当时这里是一个纯渔业海域。这块礁石也没有任何的特别之处。

这个东西出现在这里简直是匪夷所思。

“我一定要捞一个上来。”我说道，“不管花多少钱，你给我想想办法。”

“行啊。”小林道，话音未落，忽然听到边上的蓝采荷笑了起来。

我们坐起来，就看到他指着一边的礁石，非常诡异地微笑。似乎那边有什么特别的事情在发生。

我们转头看去，礁石上面什么都没有。

接着，蓝采荷忽然大叫起来，似乎在和礁石上的什么人通话，用的是畲族的方言，我们听不懂。

这就更加奇怪了，小林骂道：“干吗呢？被太阳晒疯了？”

蓝采荷看了看我们，吓了一跳，一下摔倒在皮筏上，脸色非常惊恐，似乎我们是可怕的怪物一样。

我往前探了探，就看到他崩溃一样地狂叫，猛地跳进海里，躲到了皮筏艇一边，直勾勾地看着我们，眼神中满是恐惧。

一个浪打来，我们都被冲向礁石，两个人也摔进了海里，还好此时的浪不大，否则没几下我们就会被船老大说中。

我们立即爬回到皮筏艇上，再手忙脚乱地把蓝采荷强行拉上来。他看着我们，忽然叫起来："走啊，走啊！"

我再次和小林面面相觑，我注视着蓝采荷的眼睛，发现他虽然看起来像是看着我们，可瞳孔竟然是不对焦的。

他看着的不是我们，似乎在看着另外一个世界的某种东西。

我脑子里有什么画面闪了一下，毛骨悚然的感觉一闪而过。我意识到，他疯了。

他和海流云一样，都疯了。

第二十章
蓝采荷也疯了

我们把皮筏艇拖回到大船附近，伙计们把蓝采荷从水里拉了上来，船老大一言不发，只说了一句我听不太懂的金乡话，应该是“让你贪钱”之类的。

我和小林受的打击不轻，蓝采荷上大船之后就躲进了船舱里，他和海流云一样，似乎非常恐惧周围的人。

船老大自此没有给我们好脸色。当然，有小林在，他也不敢拿我们怎样，只是不再采纳我们的意见，直接开拔回港口。

我和小林好久都没有说话。我靠在船舷上，也没有伙计理我，我感觉他们似乎认为我在上岸之前也会疯狂。

说实话，我真的非常害怕，感觉也不是没有疯掉的可能。

之前我一直很奇怪，老军和南生出海为什么会落水溺亡，现在我算是明白了，好在小林和我水性很好，而且我们是三个人前去的，遇到紧急状况可以互相救助，否则真不知道会发生什么事故。

小林似乎并不担心，只是和我说了好几次如果需要赔钱让我来赔。

然后又说，真的应该听我的，先买一份傻子险。

我和小林回到岸上之后三天了都没有任何变化，而送到医院的蓝采荷，被诊断出严重的精神分裂症，是完完全全的疯了。

毕竟是因为我的缘故，才导致他得了这种病，所以这件事情我十分内疚，负担了蓝采荷所有的医药费，还给了他家里一点钱。其间我和医生仔细聊了聊。医生说他并不是专业的精神科大夫，但是在地方医院待久了，见过的怪病太多，只是瞬间就疯成这样的，他还没有见过，精神异常的状况是逐渐产生的，只有在患者原本就有精神疾病的情况下，被惊吓到才会突然发病。

要让一个正常人瞬间疯成这样，很可能是生理性的，也就是说在那一刹那，他的大脑内部受了损伤。

我想起了在乐清看到的关于海流云的病历，她曾经做过脑 CT，结果显示没有发现什么异常，所以我估计蓝采荷这里，他们也不会有什么发现。

地方医院很忙，要做脑 CT 的话，必须安排在一周之后。

我非常奇怪为何我和小林都没事，按道理，三个人里受巨大刺激诱发精神病的概率属我最高。离开苍南之前和小林喝酒说到这个，小林想了想说道："可能我们中只有他碰过那些东西。"

"什么东西碰一下就会发疯？如果是神经毒气之类的东西，我们在海水中也会受到传染啊。"

"按照你的说法，这已经不是第一次了，"小林抽着烟道，"你写了那么久神神道道的东西，终于让你碰上一次真的了，你应该知道，这种事情有个'可能'就很不错了。"

写悬疑小说的害处就是，无论你卖多少册，赚多少钱，别人形容你都和在大学时候形容你一样，"一个写些神神道道的东西的人"。

现如今也只有小林的说法比较能让我信服，我叹了口气，决定以后做事情的时候，要做更加完备的准备。

当时出海的时候就没有想到要准备潜水的人员和设备，下水也没有想到要戴手套，我们有大量的破绽。

小林问我接下来怎么办，我心说现如今，要弄清这件事情，只要找到这一切的起源——南生。既然他平安无事，那么我应该很容易在上海找到他。

小林却摇头，说道："所以说你的小说总在关键时候缺乏逻辑关联。你不觉得你应该去乐清，再去找那个什么你的读者流什么来着？海流氓？"

"海流云。为什么？"

我确信在海流云身上没法找出任何的线索。

"海流云可能碰过那东西，所以她疯了。为什么她家里人都疯了，如果疯狂可以传染的话，我们早就传染上了，事实证明，只有接触才有可能让人疯狂。"

第二十一章
再探海流云的家

我夹了一口菜，一边琢磨小林的话，菜没咀嚼几下我就吐了出来，觉得舌头发苦，浑身发冷。

“你是说海流云事实上带了一个那种东西回来？还带回了自己家里？所以——他家人才会遭殃？”

我想起了他家人画的那张图。

小林点头，指了指菜说道：“这顿你请。”

小林说得很有道理，他在大学的时候逻辑性就非常强，而且强到一种变态的级别。基本上任何悬疑小说他都认为破绽太多。

我们吃完饭告别，他告诉我，以后这种事别找他了，来苍南玩可以，再让他安排出海他就弄死我。

如果是我小说里的情节，我是应该去乐清爬墙进去探个究竟，反正小说情节是我控制的，墙虽然难爬总是有办法爬，进去了就算惊动了邻居也肯定能逃脱，无非增加一场动作戏。

在现实生活中，我想到的第一个方法还是找海流云的父母。

一家几口人都出了事，两个老人受的打击是十分大的。我去的时候，看到他们住在山上的一间农民房里，外墙是水泥的，应该是二十世纪九十年代建的。海流云的孩子在一楼的厅里看电视，老太太在里屋的厨房做饭，不见老头。

我觉得现在进去不合适，便一直在外面等到饭做完，婆孙两人吃晚饭，才进去说明来意。

当然不能说我觉得你家女儿有个东西我很有兴趣，你能不能打开房门让我进去搜罗一下。

我表明了我的身份。相信海流云在家里说过很长一段时间我的事情，毕竟是我这么多年的读者了，长辈或多或少也应该知道一些。

果然不出我所料，老太太还是很尊敬作家这个身份的，给我端了茶水，然后打电话让老头子回来。

老头是去医院给海流云送饭了，回来一脸愁容，感觉上精神压力很大。这是我切入的好时机，我就对他们道，我也许能查出海流云一家疯狂的原因。

我把海流云带南生到医院找我和之后的一些经过，加工了之后告诉了他们，当然说得没有那么玄乎。老头听完之后，就摇头，对我道："我知道你说的那个小伙子，没有用，他也来找过我们，说过一样的话，但是他在娟子家里什么都没有找到。"

这让我很意外，我以为南生之后没有再介入这件事情当中了，没有想到他仍旧很活跃。

这也让我很欣慰，至少这件事情会一直是他的事情，不会直接转变成我的事情。

我问老头，难道南生没有从海流云家里带出什么东西来吗？老头很坚决地否定了。

而且南生到这里的时间也没有相隔很久，差不多是十天前，来的当天进的房子，当天就走了。

这让我有点心灰意冷。因为如果你们见过南生就知道，他是那种非常仔细的上海人，观察力一看就很强，这孩子做事应该非常可靠，如果他什么都没有发现，那我可能真的也发现不了。

不过老头还是带我去了，毕竟我大老远来一趟，带都不带我过去说不过去。

我回到了海流云的家门前，老头打开那扇夸张的大门，就看到里面有一个巨大的院子。

这种院子是违规的，看来海流云的老公真的相当有钱了，能在乐清这种地方搞这种场面出来，也难怪她不但有时间，还能坐着飞机满世界追星。

进到里屋，我就看到了骇人的一幕。里屋的墙壁上，到处都是器物敲砸的痕迹。

老头说这是海流云回来那天砸的，本来她都已经睡着了，忽然半夜起来开始砸东西，怎么拦都拦不住。当时他不在场，据说她公公和老公在阻拦她的时候都被砸伤了，这才把她送到医院去。

我的观察力还是比较好的，只看了这些砸痕一眼，就发现了奇怪的地方。

在大量杂乱的砸痕中，有一些砸痕无论是力道、间隔距离还是水平位置都很成体系。似乎是在墙壁上按照几何规律在砸坑。

而其中有一面墙壁，则是另外一种状态。这面墙壁好像被冲锋锤扫过一样，上面被砸的状态已经无法分辨有没有规律，是几个人砸的。这面墙壁已经完全被砸烂了。

第二十二章
第二次破坏

一路往上，来到了海流云的卧室。这里是被破坏得最严重的地方，简直像是要重新翻修之前的拆装一样。一路上来，没有看到我想找的痕迹。

从海流云的卧室可以看到他们家的大后院。前院子只是普通的规模，但是海流云家的后院，在这个县城来说，已经算得上是一个小园林了。光槐树就有四棵，懂园林的朋友应该知道，这种树是很占地方的。

按照我的习惯，我会把园林大概的样子形容一遍，但是这一次我做不到了，因为除了这四棵槐树，这个院子的其他地方都被挖得千疮百孔，有二三十个大坑。

最近下过雨，大坑中都积着泥水，看上去像是翻修的工地。

我看老人家的表情就知道他也很震惊，显然这个景象是他离开之后发生的，有人没有经过他的允许，挖了他女儿家的院子。

他的手都气得哆嗦起来，我害怕老人家出事，立即安慰他。他一边用乐清话骂骂咧咧，一边去拿手机报警，他眼睛老花得很厉害，手机都要贴到眼睛了才能按对号码。

我回到屋子里，开始遍体生凉，站在那面被砸得千疮百孔的墙边，在这个屋子里凌乱的现场背后，隐藏着另外一次破坏活动。

海流云发疯所造成的破坏，不至于像现在我看到的这样彻底。有人在我来之前进入了这里，利用这里的凌乱进行了第二次破坏。

这一次破坏的目的应该和我的目的一样，寻找某样东西，但是显然最后在屋子里没有找到，否则他们不至于把院子都挖开。

不过说起来，这也够丧心病狂的了。

这样的局面，我很难判断对方有没有找到那个“胶囊”，不过我没有理由觉得海流云会把东西藏到这种地步，而且那东西的体积不小，能藏的地方有限。都找成这样，要么这东西不在这房子里，要么应该已经被人带走了。

我利用警察来的这段时间，粗略地在楼上楼下找了一遍，明知不会有什么结果，但还是抱着一丝侥幸。看完之后我更加确定了我的想法，这个家里任何能藏东西的地方都已经被开膛破肚了。

唯一让我觉得奇怪的是那面被砸烂的墙壁。这面墙的墙面几乎全部被敲得脱落了，如果单纯是发疯或者是想看看墙是不是空心的，不需要砸那么多下。

感觉上，作案的人正对这面墙发泄着巨大的愤怒。

之后，我来到了院子里。这里也没有什么现场保护，暴雨把整个院子都冲成了泥浆池。

作案工具就架在一边的墙壁上，边上还有一副塑胶手套。

铲子和手套放得十分整齐，这个和我目的相同的人一定是个做事一丝不苟的人。而且，我惊奇地发现，作案人员应该只有一个人。因为在后院的雨棚内，我只看到一对泥脚印。

我不由自主地想到了南生，我没有其他的线索，但是似乎所有的痕迹都很符合我对他的印象。

当天的整个下午，我都在警察局听老头子控诉人生。他们家这个状况，已经超过了“屋漏偏逢连夜雨”的窘境，确实应该控诉一下，之后我简单地介绍了一下我的状况，便离开了乐清。我心中仍旧急于求证着一个事实——南生并没有像我想的那样超脱于世外，我需要找他聊一聊。如果不是他在海流云家寻找那个胶囊，那么我至少可以画去一个可能性；如果是他，那么他身上一定已经有了我意料不到的进展。

因为整个现场的状况，每一个细节都透露出来一种接近癫狂的气息。

第二十三章 南生再次出现在我面前

在乐清住了一个晚上，我将阿鸿画的画贴在写字台前的墙壁上，然后靠在椅子背上，看着那幅画发呆。

这玩意儿在水下看的时候很大，如果海流云把这个东西带回来，她是不可能瞒过船家的。

她上了岸就疯了，也不太可能有第二次我们所不知道的出海机会，所以，船老大应该隐瞒了这件事情。

这种隐瞒几乎可以肯定和老军的死有关，毕竟在他的船上死了人，如果情况有些特殊，他们一起隐瞒的概率会高得多。

看样子南生出海的时候发生的事情，我要重新再做调查。可惜我不是警察，否则可以使用威吓战术，我就不相信那个船老大不说。

我给小林发了条短信，让他想办法帮我再去套话。另外就是，必须找到南生，他也一定知情。

小林给我回了一个字："滚。"

但是我知道他能查的话一定还会帮我查的。嘴巴那么毒的人，如果性格上不是有过人之处，谁愿意和他交朋友。

小林是可以托付自己信任的那种人。

在之前的事件中，我一直没有和南生互留联系方式，显然当时双方都有所保留，回到上海之后，我发现自己完全不知道从哪儿去找他。

仅有的名字，在google上搜索起来只是出现了一些无关的垃圾信息。

这个结果多少有些让我惊讶，这个人是一个现代上海人，这样的人按道理，应该不可能屏蔽网络的侵蚀。

不过即使如此，调查南生也并不是一件难事，我从之前海流云和我说的一些细节顺藤摸瓜，从少量的线索查出了他是上海交通大学物理系的本科毕业生。

物理系的就业方向比较窄，他的档案没有调走，所以查不到他就业的地方，但是能看到他参加了第一次招聘会之后，就没有继续择业。

我查了那一次招聘会关于物理方面的就业岗位，发现几乎没有，也就是说，南生最后从事的工作和他的专业不对口。

我找到了一个南生的大学同学，他告诉我，南生因为比较工于功课，所以本科毕业之前，导师一直希望他能够继续读研究生，但是南生很坚决地拒绝了，最后好像进入了一家外资公司工作，收入很高，就是平时不是特别自由。南生的性格非常适合在这样的单位工作，至于公司的名字，他也不清楚。

他告诉我，他和南生平时有些联络，场地是在篮球场，因为他们俩以前都是校队的成员，毕业之后，平时锻炼身体碰一下面，并不会说太多，所以关于他工作上的事情，基本没有交流，只有一次，南生特别高兴，提过一句，说他们马上就要有突破了。

他和南生最后几次见面，南生的状态已经出现了问题。之后他们再没有见过面，南生的手机号码之后也换了。

我非常惊讶事情会变成这个样子，显然之前我对于南生的谨慎、周到、一丝不苟的印象，太过于不当一回事了。

这个男孩子对于自己的隐私保护得十分完美，从我的生活经验来看，这样的人会十分难以对付。我也许不太可能通过自己的方式找到他。

我尝试用各种方式，用钱、用人脉来寻找，都没有任何反馈。就在我快要绝望的时候，忽然有一天，他却出现在了我的会议室里。

说实话，他的这种出现方法显得我很蠢，当然我的信息满天下都是，他要找到我简直易如反掌。

我是见到他之后听他说话才认出那是他，他已经和之前的样子完全不同了。我不知道他有多少时间没有洗澡了，满脸的油脂，胡子有一截手指长，头发打结，满是头皮屑。

他的脸几乎是惨白的，但不是健康的那种白色，而像是皮肤坏死的状态，一看就知道，这个人饱受失眠的困扰。

“你在找我？”他说话的时候语气都是虚的。

“你怎么了？”我几乎是条件反射般地问他。

“我不能睡觉，我再也受不了了。”南生对我道，“他想逼疯我，他说的那些事情，我们不应该知道，这个世界上，没有人都应该知道那些。”

第二十四章
梦话的升级形式(1)

我听到这句话之后情绪很奇怪，一方面，他的状况让我很担心；另一方面，我感觉到一丝转机的意味。他之前答应把最后部分的录音寄给我，但是没有寄，那几段录音应该牵涉王海生临死之前的所有信息，甚至可以知道他是怎么死的，也许这些信息中透露的细节，能让整个事情有突破性的进展。

“你是说，你已经知道了王海生想传达给你的信息？”我没有立即追问，而是压住了自己的好奇心。

南生就笑了。我从来没有看到过那么轻蔑的笑。他脸上的笑容是在嘲笑我的无知，但是这种嘲笑你完全无法生气，因为嘲笑的背后是一种绝望。就好像是死囚嘲笑狱卒的那种冷笑。

“不，我不知道。”南生摇头。

“那你这么抗拒听这些梦话做什么？这么多年了，你早应该习惯了，”我奇怪地道，“难道你预感会听到自己不想听到的东西？”

“梦话？”南生从我的桌子上拿起一根烟给自己点上，“不，在我从花头礁回来的当晚，我就不说梦话了。”

我愣了愣，没敢接话，他接着说道：“一直到现在为止，我晚上再也不会说梦话了。”

他笑起来：“刚开始的时候我还松了口气，虽然不知道其中的原理和逻辑，但是我应该算是把王海生的问题解决了，这件事情告一段落了。”

他的话最后明显接了一句“没有想到”，我接着问：“有发生你意想不到的事情？”

南生抬头看我，他的表情非常难以形容，那是一种濒临崩溃的绝望。

“他改变了方式。我觉得，王海生丧失了耐心，花头礁回来三天后，我的身边开始出现各种各样奇怪的现象——他和我的沟通方式忽然改变了，变得……变得非常有攻击性。”

事情开始朝我意想不到的方向发展。

他学我一样深吸了一口气，说道：“以前，虽然我每天晚上都会说梦话，但是一直到现在，我白天的生活都没有什么异样，所有的一切似乎只会在我的睡梦中发生。所以，这对于我来说是一个小困扰，并不影响我的生活。但是到了前几个星期，情况发生了变化。”他顿了顿，“他开始在我的日常生活中出现了。”

“你看到王海生了？”我冷汗冒了出来，这真是大白天谈鬼事，谈到鬼都出来了。

“没有那么直接，但是我开始发现一些奇怪的痕迹出现在我面前，”他捂住脸，“他开始影响到我的正常生活。”

我开始明白南生这种绝望情绪的缘由。如果说之前的梦话还是心理学的范畴，你不愿意去相信鬼魂之说的话，那么你还有几百个心理学名词可以勉强解释这件事情。在这种情况下，人是摇摆不定的，南生即使告诉我们，他认为这件事情就是王海生的鬼魂作祟，但是他内心仍旧可以认为，这一切是因为自己思维上的问题导致的。

但是，一旦这个问题从大脑延伸到了现实世界，那事情就被坐实了。现代人很难接受有个鬼魂在拼命向我传达信息这样的命题。

这个世界上有两种人，比如我，就算房子漏了，只要不下雨我可以一直不去修补，而南生这种性格的人是那种不会放任问题存在，而会第一时间解决的人。但是王海生的事情他毫无头绪，这种自己无法靠苦熬和执行力解决的问题横在他面前，会让他逐渐崩溃。

第二十五章
梦话的升级形式(2)

他抽着烟开始和我叙述他的经历。

“我一直一个人住，从我住的地方去办公室，需要一个小时的时间，所以我每天的作息必须非常规律，这养成了我守时的习惯。我每天晚上9点半准时上床休息，看书到10点15分基本就能入睡，然后在早上7点起床，早上8点半我能准时到达办公室。”

南生的生活在他的叙述中犹如机械的钟摆一样精确，这和他之前给我的印象很吻合。

日复一日的相同生活对于我来说可能是一种折磨，但对于他这样的人来说，意味着安全感。

南生的早餐也非常固定，只有三个选择，在他去办公室的地铁口有一个早餐的摊位，有三种食物可以选择。在南方生活的上班族很熟悉这样的早餐商贩。

他每次经过这个摊位，都会购买一种食物，然后在边上吃完，进入地铁，无论是否有座位，都会选择站立到达终点站。

所有的异常，开始于他发现这家摊位老板的一句话上。

某一天，南生经过地铁口买早餐的时候，摊位的老板说了一句话。

“哟，昨天没有睡好吧？”

南生并没有在意这句话，他认为只是摊位老板的一句客气话。他往往都是第一个到达公司，然后开始一天的工作。

他的工作很专注，往往工作到晚上 8 点以后，然后再原路回到家里，洗漱休息。

在他听到早餐老板对他说“哟，昨天没有睡好吧？”这句话之后的一个月里，南生开始感到前所未有的疲惫。

南生不知道自己的身体出了什么问题，像他这么谨小慎微的人，对于自己体力的变化是非常清楚的，但他的工作强度，让他没有时间细细去琢磨。当时他的工作正在关键时候，只好开始吃一些补药，希望身体能有所改善。然而，很快他就发现，他的疲惫感越来越严重。

“让我意识到问题所在的，是身边一些人对我的评价。”南生脸上的疲惫和他诉说中的情况非常相似。他的身体越来越疲惫，同时，他有些异样地发现，他的生物钟开始失灵了。

他开始早上会晚醒过来，出现了迟到的情况，有些时候迟到的情况惊人。他会到中午才醒来。

这让他觉得不可理解，他是一个对于睡眠非常自信的人，他的生物钟和钟表一样精确，他无法理解自己在哪个方面做错了，导致了自己生物钟的紊乱。

他仔细地琢磨了很久，都没有答案，于是去看了医生，医生看到他的第一句话就是：“你最近是不是在失眠？”

南生当时是否认的，但他听到了医生的这句话之后，他立即就醒悟过来了。

如果他的白天没有发生任何问题，那疲倦的原因一定和他的睡眠有关。

“我的睡眠……”南生告诉我，“我之所以那么疲倦，是因为我的睡眠出了问题，让我无法恢复体力。”

“可，这是怎么形成的呢？”我问南生。

南生说道：“我首先考虑的就是王海生，是不是他在影响我的睡眠？难道是他故意要让我那么疲倦？但之前他并没有这么做，为什么他会突然有这样的举动？我想了很久都没有答案，但在我开始疲倦之后，我回到家里，没有时间进行阅读，而尽可能地早点休息。我就觉得，是不是他在焦急地想让我尽快进入睡眠。他需要我更长时间地入睡。”

我点头，手心里有些出冷汗，因为我也是这么想的。

“但这没有逻辑，因为他什么都不说。”南生的脸色越来越苍白，“我的录音笔里听不到任何的声音。他焦急地想让我进入睡眠，但却什么都不说。我想通之后就意识到，如果他不再说话，难道是他做了什么？”

南生说着，从脚边的背包里拿出了一只U盘：“我把我睡觉时候的样子，录了下来。”

他浑身发着抖，显然这只U盘里，有着他极度恐惧的东西。

第二十六章
照片

我在手提电脑上，打开了U盘，里面只有一个视频文件。

他就在我边上，没有挪过来和我一起看，而是一副失神的状态。

我打开视频之后，最开始看到的画面，是躺在床上的南生。摄像机在房间的一角，镜头里正好看得到他的全身。他躺下休息，我按了一下快进键，过去只有五六分钟，他就睡着了，身体开始有规律地呼吸起伏。

他的房间里装着缓释的灯光系统，慢慢地灯光暗了下来，摄像头也变成了夜视模式，整个图像是黑白的。

大概又过去了二十分钟，我才看到南生动了一下。我以为他只是翻身，但他动了一下之后，却没有停下来，而是每隔个几秒，都会重复地抖动一下。

我的冷汗由背脊流下，看视频和听梦话的感觉完全不同。我的脚心都开始发麻。

我认得这种频率的抖动，那是国家地理频道，看狮子在咬食已经死去的猎物，尸体就是这么抖的。

我的第一感觉是，南生的被子里，有东西在撕扯他。

但接着，我就看到南生的上半身坐了起来。

他起身的动作非常奇怪，就好像后背有什么东西，将他拱了起来。他每次只能起身一个很小的幅度，所以大概半个小时之后，南生才完全坐了起来。

整个过程并没有让我觉得煎熬，因为在黑白的画面看着这种动作，非常诡异。接着，坐起来的南生忽然对着一个方向，举起了自己的手。从手指的状态来看，这是南生指着自己房间里的一个东西。

在他举手的瞬间，我仿佛看到了世界上最不可能的事情，童年看到的所有的恐怖故事，都不及这一秒让我汗毛直立。我仿佛看到了王海生趴在南生的背上，艰难地把他推起来，然后举起了他的手。

这个动作一直保持着，我呆呆地看着，隔了很久很久，我才问道：“那个地方有什么？”

他指着的那个地方，有什么？

“那是一个相框，相框里有一张照片。”南生说道，“我在花头礁外拍摄的一张照片。”南生一共录了五天的视频，但最终他只给了我一份，他也没有一天一天地记录下去，显然他无法承受影像的压力，这和梦话是完全不同的两种情况。

在第一段视频中，南生整个晚上都指着他房间的一个方向，细想之下令人毛骨悚然，无法释怀。以这种姿势持续一个小时普通人已经吃不消了，何况是一整个晚上，南生疲倦的原因显而易见。

按照南生的叙述，之后的一段时间，他的疲倦感越来越重，显然王海生的行为越来越激烈。但这些文件我都没有看到，南生说，他没有勇气再看一遍那些视频，也不愿意别人去看。

所有这些行为，都似乎有不同的用意，特别是那张照片。在五天的视频中，有三天和那张照片有关。

照片是在他们出发前往花头礁的时候，在礁盘外面拍摄的，当时南生在小艇上，已经离开了渔船，有人——很有可能是海流云叫唤了他一声，给他拍摄了这张照片。南生并没有露出笑容，而是很凝重地看着镜头。

海面很平静，类似于热带滨海酒店的招贴画中，那透明的海波和海下颜色分明的干净海水。远处能看到礁盘，只是一些小小的黑点，说明当时水位很高。

远处碧空万里，发白的阳光导致了曝光过度。我没有看到任何异样的，或者值得注意的部分。当然，我相信这张照片上的信息非常难以破解，否则以南生的观察力，肯定第一时间就发现了。

我拿到这张照片的时候，看了很多次，都没有结论。南生也告诉我，他每天都在看这张照片想找出王海生提示的信息，但一直没有任何的结果。

随着南生陷入困境，王海生的表现也越来越不耐烦。无数的奇怪事，开始在南生四周爆发性地出现。

第二十七章
他想出去

在这段时间，南生一直在回避我，这个原因我尚且不知道，他也不打算说，但最终发生的事情，让他决定回来找我。

两个星期之前，南生家里出了一个小事故——他家厨房的自来水管自然爆裂了。当时他不在家，是水流到了外面，被邻居发现打电话。南生回去的时候，积水已经有一个巴掌深，很多地方都已经被水给泡了。

厨房里都铺着瓷砖和大理石，也是防水和防油的，南生在清理的时候，发现有一点很奇怪：靠近灶台的边上是一个窗户，水溅到那个窗户之后全部灌到了纱窗的拉槽里面，拉槽里面都是水，在他用抹布擦拉槽的时候，那个窗因为装修不牢固，竟然掉了下来。

开始，南生也并没感到太惊讶，因为它已经不是第一次掉了，于是他想趁这次机会，里里外外清理干净。但在那个时候，他发现这个窗户上面似乎有着什么划痕。

油烟机排气孔就在窗户边上，所以这个窗户的外延有一层薄薄的油脂，他洗掉了表面的一层，才发现这些划痕。这些划痕看上去像指甲划上去的。刚发现的时候，他以为是玻璃本身的问题，如果这块玻璃本身有瑕疵，安装的时候他没有发现，那也没什么毛病。

之后，他收拾家里其他的地方——本身家也不大，南生决定把所有地方都打扫一遍，在他把地板全部处理完成之后，去擦其他窗户的玻璃——结果他在其他的窗玻璃上也发现了同样的划痕，而且痕迹更多了。他检查了所有的窗户，发现自己所有的窗玻璃，无一幸免都有划痕。

在他五天的摄影中，并没有拍摄到窗户，但他知道，这就是王海生干的。王海生在他睡觉的时候，利用他的身体在挠窗户。

让他觉得更不舒服的是，这些划痕看上去有一些时间了。南生忽然在那个时候意识到，这种异变，并不是在他感觉到疲惫的同时开始的。

王海生可能很早就不满足于用语言来传递信息了。

“要在玻璃上挠出那么多的痕迹，没有经年累月是不可能的。他早就在挠了，因为我一直只是记录录音，没有记录影像，我并不知道这种变化是什么时候开始的。”南生捂住自己的脸，声音非常绝望。

我的手控制不住地发抖，却还是点上一根烟，抽了几口。我确实因为常年写作，对于这种事情更加冷静。在我的判断里，王海生抓挠窗户也许是因为无比的狂躁，有什么事情即将要发生了，而他没有办法让南生知道。也许，还有另外一种原因。

他想出去。

我没有说出这个可能性。按照写小说的逻辑，我几乎可以轻易地还原出王海生的一些细节，但这些都是伪命题，是不可能被证实的。现在能证实的只有一点——

王海生开始无所顾忌地在南生身边强调他的存在。

我看着手提电脑的屏幕，心中的凉意让我不停地起鸡皮疙瘩，这到底是怎么回事呢？

我看着南生，他的表情中有恐惧，这次见面以来，他都是一种游走在濒临崩溃边缘的状态。

我等着他继续说下去，他的表情非常疲惫，但我盯着他看了一会儿。我慢慢地感觉到，他恐惧的部分，可能和我想的不一样。

第二十八章 南生自杀了

难道，他的身上还有我不知道的更严重的事情？

我心中“咯噔”了一声，就道：“我觉得你这个人非常有分析能力，你的思维方式非常有逻辑，我相信你到我这里来，肯定不会是为了带一个浅显的难题过来，你一定已经有了结论，你不妨把这个结论告诉我。”

南生看着我，忽然笑了笑，对我说道：“我记得我和你说过，我认为王海生并不是想告诉我，死后还有另外一个世界，而是想告诉我另外的信息。这些现象，表明他想告诉我的这件事情，已经到了非常紧急的阶段，有什么事情要发生了。”

他拿起那张照片，又说：“你说得对，我没有想到你能意识到这一点，是的，通过这张照片，其实我已经知道了，王海生要告诉我的事情是什么。这才是我来找你的真正原因。”

“你是来告诉我的吗？”听到这句话，我心里既紧张又兴奋，似乎有一根羽毛在挠我的心口。

南生道：“这件事情，对我有着重大的意义，但是我不能告诉你。”

我道："为什么？"

南生道："这和我的工作有关系，我的职业道德让我不能现在告诉你这些。"

我皱起眉头，问道："你毕业后到底做了什么工作？"

南生摇了摇头，眼神中有一丝城市里的男孩子少有的坚持："我不能说，这是原则问题。我只能告诉你，我的工作，和我们的世界有关。"

这句话是十分空泛的，和我们的世界有关的工作，几乎可以涵盖世界上所有的工作。我知道他学的是物理，物理学确实和世界有关，但是我们无法否定演员、餐饮、旅游业都和这个世界有紧密的联系。

"你不用担心，虽然我现在不能告诉你，但是我很快就能把我知道的一切，用另一种方式传达给你。"

南生说的这句话，让我印象很深。

城市里的孩子一般不太会有那么坚定的立场，以至于我听完这句话之后，立即打消了追问的念头。同时也打消了我另外一个念头。

之前我一直想让他把最后几天的梦话录音给我，或者他可以直接告诉我梦话的细节，也想问他出海时候的老军是怎么死的。不过，南生现在的状态，我有一种直觉，我不适宜问太多。

可能是我为人谨慎的原因，这在其他时候并不算缺点，但是顺着南生的语境，我觉得追问下去会破坏现在的信任关系，他如果开始厌恶我了，最终可能什么信息都得不到。

我想把南生留下来吃晚饭，他没有答应，我问他要了电话号码，他喃喃了一句"其实没有什么必要"，但是用他的手机拨通了我的电话，然后让我将号码存了下来。

拿到了他的电话号码，我心里放松了一些。将他送走之后，我开始思考他今天讲的一切。

结果是令人振奋的，因为他显然已经知道了王海生的目的，事实上，根据南生刚才所说的话，如果能知道他的工作性质，我相信我自己都能推测出一二来。

他说他会使用其他方式来传达给我，我觉得是因为合约的限制，或者是他想通过纸面的方式来进行传达；也有可能是因为信息量太多，或许还需要经过某一个人同意；或者单纯就是还没有准备好。他的表述虽然有些古怪，但是无关紧要了，答案尽在眼前，只是需要我的等待。这点耐心我还是有的。

我把下一次和南生的见面制订了一个计划。

我会选择去上海一个私密性非常好的私家会所，在那里准备两瓶家乡的米酒，这种酒中加入了一种红色的中药，喝起来酒味非常淡，但是很容易喝醉。

然后我又耐心地制订了一个提问的计划。如果再见面的话，我准备诱导性地向他提问，把自己放在下风，让他缓缓地获得说教者的快感，这样他会不由自主地说出更多，也喝得更多。

虽然有点像骗人失身的设局，不过也没有更好的办法。

那天晚上我睡得格外香，这件事情缓慢地从一件失控的、紧迫的突发事件，变得可控和可计划。

对于一个写作者来说，没有比这种情况更让人放心的了。

我没有想到的是，情况在第二天就发生了变化，而且这个变化还是决定性的。

南生自杀了。

第二十九章
另一种传达方式

因为在和南生交换电话号码的时候，他是用手机拨通我的手机让我存下的号码，所以他的手机最后一个打出的电话是打给我的。

我循例受到了警方的询问，这段时间我已经接受警察好几次询问了，对于他们的手续有些无奈的熟悉。

警察没有和我说南生自杀的经过，不过后来我从他同学那里了解到，南生把自己淹死在了浴缸里，没有服食任何药物。

我不知道他选择溺死是否和王海生也有可能是溺死的有关，但是我知道要在浴缸中溺死自己是非常非常困难的，他除非事先就失去了知觉，否则他就是以惊人的毅力把自己活活憋死了。

我的人生中还没有任何一次这样的经历，我全身心为之思考、调查的一件事情中的重要一人，忽然死亡了。

我整个人脑子空白了很久，想不到应该用什么词语来形容此刻的心情。不是悲伤，我对于南生没有感情，也没有惋惜，我还没到那个悲天悯人的年纪。我是觉得自己被这个事件的走向打蒙了。

南生的死让我第一次仔细地审视整件事情。从海流云疯了开始，到老军死亡，蓝采荷失智，这件事情的危险性已经被现实证明出来，它毫不留情地干掉了所有想窥探其秘密的人。

假设王海生是第一人，到现在为止，已经有五个人遇难。它不再是我应该端着咖啡杯当成写作题材的八卦，而是一件真正可怕的危险的事情。

我想到南生临死之前和我说的，他将会用另一种方式传达信息给我。

这是他第二次说这些话了。第一次他没有履行，也许是因为他的意思是他会在死后再进行这件事情。如今他真的死了，相信会有人替他履行这项工作。

有可能是因为他死亡之后，很多事情的保密职责他就不用再履行了。

然而，仍旧没有。我一直以为他想和我说的话会通过邮寄或者电子邮件的方式传达给我，可是没有，这件事情强行被停滞了半年。

这半年我一直在低落的情绪之中，整件事情也完全中断。我仍旧是从别人那里得到的南生临死之前那段时间很多人对他状况的描述。如我之前的判断，南生的生活非常晦涩，这些人的描述几乎都毫无价值。我也想找到他的家人，进入他的房间去看看，但是似乎他的身份有些特别，他的私人生活方面就连一丝消息都查不出来。

而一直到半年后，我忽然发现，我开始出现了说梦话的状况，才真正明白，他说的通过另一种方式传达信息给我，是什么意思。

中篇

疯人院

48

第三十章
命名为《世界》

故事进行到这里一直是在一种极度紧张和焦虑的情况下。

在这里稍微舒缓一下，插入一段平行时间里发生的事情。

南生死后，我主动调查的可能性，变得微乎其微。事情在这种情况下中断，比之前或者之后都让人难受。

中国人在最困难的时候，喜欢从宗教这边获取一些安慰。

因为事情太过诡异，我又不是南生这种口舌上很严谨的人，所以我身边的人很快都知道了这件事情。

反应大概有两种："他又在炒作他的新书了"和"你看，这种东西写多了，精神就会出现问题"。

有读者建议我去找大师看看，我对于鬼神之说一直处于摇摆的状态，所以没有成行。不能说不信，也不能说信。我很大程度上认为，即使有另外一个世界的存在，我们这个世界也绝对无法理解和接触，所以也就等同于不存在。

但南生说的王海生的故事，实在无法解释，而且他以他的死亡，来证明他所说的正确性，这让我无法争辩。

如果王海生这种晚上利用你的嘴巴讲梦话的现象是存在的，那么他的“鬼魂”当然也应该是确实存在的。

因为这些思考，加上南生最后的一句话，我第一次开始思考“世界”这个词语。

“世界”的字根来源有很多方向，我当时因为佛教三千世界的说法，特地去查看了佛教的典籍，希望从古老智慧中获得古人对于另一个世界思考的结论。

梵语佛经中，有个词音译过来是“路迦驮睹”，大概就是我们汉语中“世界”的意思。据《楞严经》（卷四）记载：“世为迁流，界为方位。汝今当知：东、西、南、北、东南、西南、东北、西北、上、下，为界；过去、未来、现在，为世。方位有十，流数有三。一切众生织妄相成。身中贸迁，世界相涉。”

在大乘佛教中，“世界”亦指莲华藏世界，还有一些其他称呼，比如华藏庄严严具世界海、妙华布地胎藏庄严世界、莲华藏庄严世界海、华藏世界海、华藏世界、华藏界、十莲华藏庄严世界海、十莲华藏世界、十华藏等。

如果对于佛教没有了解很深，但看这些名词就觉得心情有所缓解。

我在那一瞬间得到了灵感，将整件事情，命名为：《世界》。

第三十一章
我也开始说梦话

世界事件远没有结束，我一直以为它已经随着南生的死完全归零，但很快便会发觉它在我看不到的地方继续发展着。

南生死后的这段日子，我的情绪很低落。但是因为一直使用精神药物，这种低落被我的疾病治疗同时抵消了一部分，整体来说状态还是在改善。

我在调查南生无果的同时，有一段时间去了泰国的清迈。

我是受到了几个书友的邀请，后来证明这是一种相当好的调剂方式。

在上海、杭州，整年见不到什么阳光，一年里有效光照只有一百多天，人分泌多巴胺的机会少之又少，所以我总会寄于挑战某些智力上的或者猎奇方面的谜题获得快感。这也是我写作悬疑小说的原因。但是在泰国，阳光简直就是富裕到廉价的东西。

在这样的光线下，我的心情也随之变好，结果在骑大象的时候乐极生悲，掉进了象粪里。

之前我委托去调查船老大的小林后来给了我反馈，海流云和船老大之间像是有什么秘密协议。船老大虽然一直没有承认，但是船上的一个伙计透露了一些，基本能确定确有其事。有可能就是船老大帮海流云隐瞒带回“牡蛎胶囊”的事情。具体细节仍旧不清楚，我推演过好几个版本，都显得很合理。毕竟出海有人死亡，海流云知道警察会介入，那之后这个“牡蛎胶囊”被没收的可能性很大，所以她贿赂了船老大，隐瞒了“胶囊”的部分。

不管怎么推测，这些其实都不重要，我知道这个被带回来的“牡蛎胶囊”确实存在就可以了。

但是回到上海之后，我的状态很快就不太好了。大概是在回到上海一周后我又开始失眠。当时上海下了好长时间的雨，雨的声音吵得我难受。

我连续失眠之后很长一段时间，住到了一个洗浴中心里。我尝试用酗酒来稳定我的情绪，但是酒精只能让我昏睡两个小时，我的自主神经紊乱，极度疲倦但是毫无困意。在我当时看来，这是世界上最难受的疾病，没有之一。

我的私生活也陷入了极度混乱的地步，精神错乱，昼夜颠倒。最开始我并没有发现什么异样，直到那个女人和我说，你睡觉时候说很多梦话，我才忽然意识到不对。

我坐在沙发上，那天晚上半杯酒都喝不下去，洗了把脸，才发现自己脸色浮肿苍白，竟然和南生当时见我的时候一模一样。

我看着镜子里的自己，浑身的汗毛都竖了起来，第一眼，我还以为我被南生附体了。

之后我出去买了一支录音笔，回到了自己的住所，吞下了医生之前给我开的安眠药——我之前一直很抗拒吃这种药物，所以剩了很多——然后非常困难地睡着了。

即使在安眠药的作用下，也未必能真正进入深度睡眠，但是这一觉似乎并没有各种折腾，早上起来竟然感觉头不疼了。

录音笔还在继续，我按下了停止键。没有立即去听，而是洗了一把脸，给自己弄了早饭。

接着我打开录音笔播放，一边开始吃早饭，一边等待里面的声音。

我虽然表面上非常镇定，但是当时的心跳动得非常急促，有点像是在等待死刑判决的感觉。

从录音笔里，能听到我开始入睡时候的磨牙声，我从没想到我的磨牙声是那么难听，接着是一些鼻鼾。

大概三十分钟之后，我完全睡着了，鼾声变得很有规律。

接着大概二十分钟时间，我已经吃完了早饭开始收拾家里堆积如山的脏碗筷，录音笔里才开始传来了我自己的声音。

这是我的第一句梦话，语气听上去有些古怪。

“我会通过另外一种形式，把我知道的事情传达给你。”

“啪！”我一紧张，就把手里的一只碟子打碎了。

这是南生的原话，如今我已经知道他这句话的真实意思，他在临死前，已经做好了这样的打算，如今成为现实。

“人没法记住自己说了些什么，但是很容易记住别人说了什么。”录音笔里继续说道。

然后是停顿。

三秒后，又说——

“所以从一开始就弄错了，事情的关键，在这些内容之外。”

第三十二章
这更像是一个现象，而不是灵异事件

和很多事情一样，第一天总是最让人兴奋，也是最让人难以琢磨的。

聪明人总是对所有事物的第一天充满了警惕，他们仔细地观察事件流逝下所有事情的发展方向，一旦出现自己没有事先想到的，就小心翼翼地处理。

同时对于自己的评价，在第一天也总是放在最低的位置，别人也是，任何的错误、疏忽都可以被原谅。

但这不是第一天。从后来的梦话记录来看，南生应该早就开始对我传递信息，但我因为混乱的生活，漏掉了前面很大一部分的内容，所以我并不能完全听懂自己的梦话。

我梦话的内容和王海生的内容一样松散，但是逻辑清晰了很多，可能是因为南生受过高等教育，懂得如何描述抽象的东西。

为了能够更好地让你明白这一部分的信息，我需要提前告诉你一些分析的结论。

首先，无论是王海生还是南生，他们传达的信息中，都没有自我描述。

我举一个例子，如果我通过一个无线电广播将我的想法传递到一个离我很远的地方，在我的广播中，应该会这样说——“我现在正在一个山洞中对你广播，这里很冷，我不知道四周有没有野兽。”但是，无论王海生还是南生的梦呓中，都没有这样的信息。他们只传达一些类似于他们自己经历和记忆的信息，对于当下的情况，没有任何一丝的传达。

正因为如此，所以我无法获知他们在传达信息时候的状态。但这是不正常的，违背人的习惯的。所以，我只能认为，南生在向我传达信息的时候，是在一个非主观状态。

不是“他”在对我说话，而更像是“我”的大脑，在接收他以前的记忆，然后用自己的嘴巴念了出来。这更像是一个现象，而不是灵异事件。

熟悉这种描述的人，自然会想到西藏的天授诗人，原本是文盲的牧牛人，在一场大病之后，忽然可以吟诵五百多万字的萨格尔王诗篇，整段记忆似乎是忽然出现在大脑里的。但在这里我们不会去深究这种现象本身的奥秘。

南生梦话最开始的信息，就和王海生的很不一样。王海生的梦话碎片且更多像是醉语，叙述着一个模糊的事实。但我和南生接触过，对他和这件事情有所了解，所以梦话中的逻辑直接指向一个我自己经历且熟悉的真实事件。

如果我们听王海生的梦话等于在猜，那么南生的梦话，更像是答案被撕成了碎片，需要耐心地寻找每一块碎片，重新拼接起来。

当然这么说非常晦涩，我还是从头把过程记述一遍，在开始之前，我们需要先猜测一句话。

南生有一段梦话是：“他是在花头礁被淹死的。”

我确定这个他不是其他人，应该是王海生，是整个故事的起源。

其实，此时我们可以大胆地想象这个人经历的事情。

那年夏天，王海生和南生分别之后，显然又回到自己渔民的人生里，他未必会对少年之间一时兴起的承诺有任何当真的成分。几个月后，他和阿鸿两个人去花头礁捕鱼。

第三十三章
王海生的死

从我在当地听到的消息来看，去花头礁捕鱼的渔民，一般都是有着特殊目的的。比如说婚娶，或者有海鲜酒楼高价要求比较好的食材，他们才会冒险去那附近捕捞。他们去花头礁的时候，一般会选择水位很低的时间段，这也许是为了捕龙虾。

王海生和阿鸿去花头礁的时候，因为水位很低，礁石的下半部分露出了海面，他们看到了安装在礁石根部的某种生锈的奇怪“仪器”，以为自己遇到了“海观音”。

他们回到岸上，因为没有弄清楚那究竟是什么而被人耻笑，王海生年轻气盛，准备自己单身一个人回去探个究竟。

王海生的性格倔强，他决定了之后很快便出发了，阿鸿在他出发之前劝他，但没有成功。终于在一周之后，王海生再次回到了花头礁。

但是这一次，因为水位上涨，他并没有看到之前看到的“海观音”。

王海生知道是水位的原因，但他也知道，在礁盘附近那么大的风浪下下水，必死无疑。他想等到当天退潮之后，看个究竟，用手机拍个照片。但当天外海有大风，开始退潮时风浪越来越大。

此时老到的渔民应该意识到危险。但王海生年轻气盛，他想尽快完成这件事情，所以他没有立即离开。他认为以他的技术，稍微晚一个小时离开，也不会有太大的问题。

所以他继续在大风的花头礁上缩在礁石后面等水位下落。

我甚至可以想象到他当时在大风之下的窘迫。在外海沿接线，大风吹得两耳听不到任何声音。浪冲上礁石有一层楼那么高。很快，王海生就意识到自己犯下了大错，花头礁的形状非常特别，大风刮过海浪冲击礁石之后，在四周形成了几个巨大的漩涡。他用来上礁石的小舢板在漩涡中不停地旋转，撞击着礁石的底部。这种情况下，靠人力是无法离开礁盘的。

王海生缩在礁石的裂缝里，刮过裂缝的风吹出剧烈的风鸣，大浪冲来让他浑身湿透，此时他已经完全放弃了自己来的时候的目的，明白自己只能在礁石上硬挨一宿。

在写小说的时候，形容这种情况有一个术语，就是“有人区域的无人时段”。千百年来，登上花头礁的渔民肯定不下万人，他们在这里捕鱼生活，这片礁石虽然身处外海沿接线，但并不是人迹罕至的地方。但这漫长的岁月中，有一段时间，是绝对不会有人到来的，那，就是暴风雨来临的时候。

千百年来，只有王海生一个人，在这个时间到达了这个地方。

王海生在那天晚上，缩在礁石的缝隙中，看着天空中巨大的黑云被大风撕开，月光时隐时现，不时在巨浪和云底反射。因为溅上半空的水沫充斥着整个空间，从下面看上去，黑云中似乎有着钻石的粉末一样。

虽然从小生活在海边，他还是第一次在海的中心看到这样壮观的景象。惊恐被消磨，冰冷的身体已经没有知觉，但他的头脑清醒起来。在大风中，他忽然听到了一种声音，这种声音开始的时候只是低微的风鸣，后来变成了类似埙的曼妙音律。

“它们都会叫的，就在边上的，我肯定是听到的。”王海生的原话是这样的。

奇怪的风鸣声，越来越响，似乎是某种力量的呼唤。

他趴在礁盘上爬了出去，惊讶地看到，风暴已经让礁盘附近的水位急速地下降。本来的礁石，已经变成了一片小岛。整个礁盘的潟湖底部，都露出了水面。那个“海观音”全部露出了水面，大风刮过它们的触角，发出了那种鸣叫的声，有如海妖的低鸣，但王海生的目光却被这些“胶囊”下方的礁盘底部吸引了。

“他走了下去。”南生在梦话中说道。

海浪打了回来，把王海生卷进了深海。

第三十四章
梦话解析

巨大的海浪带着无比的力量，王海生被带入了深深的海底，海的深处是漆黑一片的。

头顶的海面闪电压着海浪击中浪花，在那模糊的瞬间，海底会瞬间亮起，在王海生生命的最后时间，他是不是想起了和南生的那个约定呢？我们不得而知。

南生的梦话也没有再纠结下去，王海生的故事在这里就结束了。接下来，是南生不停强调的一句话：“所以从一开始就弄错了，事情的关键，在这些内容之外。”

这句话重复的频率之高，让人不得不在意。加上我相信南生是在和我点对点地传输信息，所以我更加在意这句话，事实证明，这是我在这件事情里做对选择的开始。

此外，我梦话的语速很快，带着一种让人无法忽视的急切，虽然在梦话的内容中没有直接表现，但我还是下意识地感觉到了一种急迫感：和王海生一样，南生也在急迫地传达信息给我。

难道，真的有什么可怕事情正在发生？

我没有浪费时间，开始有意地不去思考王海生经历的事情和命运，而是考虑这件事情之外的“内容”是什么？

整个过程持续了一个月时间，南生梦话其中和涉及事情之外的“内容”，归类为两个部分，第一个部分，我称之为：小镇故事。

因为这个部分的所有片段，全部都是叙述性的。这部分的时间很长，但是内容最杂，也是最为诡异的。由这个部分我搜索出来的信息，其中几乎可以独立成篇一个小故事。

故事和一个谣言有关，这个谣言发生在一个小镇上，我原先以为是南生生活的小镇，后来搜索了一下，发现并不是，这个镇离上海很远，大概是宁夏。

谣言发生在二十世纪九十年代，中国改革开放是从沿海开始逐渐往内陆延伸的，那个镇上当时才开始有电视机。有一户人家买了第一台之后，左邻右舍都会聚集观看。当时都使用天线，频道很少，非常模糊，但几乎每天晚上有电视机的人家都会聚满了人，同时镇上电器销售慢慢开始红火起来。

这个时候，也不知道是哪个小孩子先传开的，有迷信传说把一根天线折成一种特殊的形状，就能接收到来自天上神仙的信号。于是小鬼们都开始热衷爬到房顶上，去折自家的天线，折成各种形状。当时的天线都立在楼房的房顶上，像鱼骨一样，有钱的会做一根巨大的天线，鹤立鸡群。一遇到打雷天气，就得把天线和电视的连接插头拔掉，以免中雷烧坏电视。

这个谣言也不知道传了多久，当时很多小鬼都说得振振有词，似乎自己真的成功过一样。天上神仙的信号接到是什么样子的，却有太多版本。

后来有小孩在掰天线的时候，从楼顶摔下来把脑子摔到内出血了，事情就变严重了，政府对大家进行了辟谣和教育之后，就再没有人去折天线了。

这个小镇故事一定是南生在某处听来的。有可能是在他调查王海生的时候，印象比较深刻的故事。虽然这件事情是无稽之谈，但是有一个信息却无法忽视。就是在这个谣言中，有很多传谣的人，都提到过一个现象。

他们说，他们接收到的天上的信号，是一连串陌生人的梦话。

第三十五章
疯人院

联系他在梦话中反复强调的，所以从一开始就弄错了，事情的关键，在这些内容之外。我不禁这么想，如果王海生的经历并不是关键，而梦话这个事情，除了人也发生在一个不知名小镇的电视机上，那么，关键是什么呢?

第二个部分，我称之为：疯人院。

这部分的梦话内容非常有意思，这个部分感觉上是南生一直在观察。他的第一句话是："第一个疯子，1997 年的时候发病。"

这个疯人院并不是现代化的医院，从信息来看，应该是比较偏远的乡镇医院，病人应该都是农民或者是工人。有一个十分重要的细节，这个疯人院时常缺水，要打井取水。

这个疯子在梦话中，被描述为一直看着墙壁，眼睛在不停地移动，他似乎看到的不是墙，而是另外一个世界的场景。从片段叙述中，这是一个七十岁左右的老年男人，不高，头发已经花白了，他永远只看着墙壁，墙壁上往往什么都没有，但是他似乎能看到很多东西。

南生一直在观察这个疯子，我试图分辨这个人是不是海流云，他是不是在回忆乐清的日子，但是我后来发现不是。因为他观察的并不只是一两个人。他后面的叙述中，这样的疯子有四十多个，大多数都是老人。但是我发现，不知道是什么原因，南生没有一次提到过自己曾和这些疯子交流，似乎他只能看着，又或者这些疯子都是沉默的，无法正常交流的。

“第六个疯子，1994 年的时候发病。”这类话变成了每次梦话的第一句。梦话并没有挨个数下来，而是跳跃式的。也就是说，在这个部分，南生在观察一群疯子。

我绞尽脑汁来分析他的这些梦话。这些病例的情况都非常相似，少数的区别在于，除了病人看着墙时的状态，还有一些病人的症状是长时间地睡眠，这些病人的睡眠时间长达几天，清醒的时候很少。

不知道为什么，也许是因为缺水这个细节，让我产生了联想。我内心有一种强烈的直觉，这个疯人院应该和上面那个故事中的小镇，有着直接的联系。

换个大胆的说法，我不知道为什么有强烈的直觉，这些疯掉的老人，很可能就是当年谣言中，那些个“接收到了梦话”的当事人。

如果真如我猜测的这样，那么，在花头礁发生的事情，在二十世纪九十年代的时候，在中国内陆的一个小镇上也发生过。

所以，和礁石无关，和海无关，和王海生无关。

那么和什么有关？

带着录音笔，我觉得我自己有必要去一趟那个镇子。

第三十六章 “信号”

宁夏的干燥让人难以忍受。我到来的第一天就流了鼻血。

干燥的空气让人看上去憔悴不堪。这段时间因为我的精神状态，我的朋友少了很多，只得还是拉着小林过来。小林知道我的经历，虽然也觉得我对这件事情有些过于专注，但他能理解此种过程确实匪夷所思。我省去了很多解释的时间。

镇上如今全部都已经是数字电视，只有少数农民家，屋顶上还有电线这种东西，有钱的老乡都用上了卫星电视，很是洋气。

我们很快找到了镇上的精神病院。事实上整个调查比我想的简单得多，精神病院的医生完全记得南生这个人，而且对于南生的目的一目了然。

“那个上海娃娃，他和这些老人沟通就一门心思想知道那个什么天线，是什么形状的。我们也听不懂什么是天线，就让他自己去问。”

我和小林对视了一眼，这和我猜的差不多。

但是因为镇精神卫生院本来医生就很少，这里又有很多的精神病老人，所以医生并不清楚南生最后是从哪个老人这里知道结果的。根据我的推测，南生应该确实是带着结果走的。

而这一切发生的时间，是他来上海找我之前的半个月左右。

也就是说，他来上海找我的时候，已经知道了那根可以接收梦话的天线的形状了。

傍晚我和小林在路边的小吃店吃凉皮，我们点了牛肉和啤酒。小林边喝边和我说："所以这小子是从苍南离开之后，到了这里，然后再回的上海。他和你说的时候，完全没有提这一部分的事情，为什么？"

只有一个可能性，南生想隐瞒一些事情。如果他提及这部分的信息，可能会影响到他想隐瞒的部分，所以他没有说出来。

南生之后自杀了，难道他想隐瞒他自杀的事情吗？不像，宁夏的这些事情和自杀没有很明显的联系。

但我第一次觉得，南生在这件事情里的目的，似乎不是最早来找我，只想弄清真相那么简单了。我感觉他已经弄清了一部分真相，并且想利用这个真相达成什么目的似的。

"第二个问题，他是怎么知道宁夏的事情的？"小林有着温州人特有的精明，"海流云显然不知道，你在苍南有调查到任何线索，告诉你宁夏有这件事情吗？如果你不是做梦梦到，你这辈子都不可能知道宁夏的事。"

我皱起了眉头，小林继续说："第三个问题，南生说的梦话，是王海生的信息；你说的梦话，是南生的信息；那么这些疯掉的老人，他们听到的梦话，是谁的信息？"

我看着小林，我知道他脑子一向转得很快，而且喜欢卖弄自己的逻辑推理能力。只要我不打断他，他很快会说出自己的推测。

果然，小林和我对视了几秒钟，就道："宁夏的事情，应该是南生从梦话中获得的。他离开苍南之后，一直继续接收到王海生的梦话，宁夏部分的信息，应该来自王海生。然后他来到了这里，问到了天线的形状。如果是你，你接下来会怎么做？”

我看着小林，忽然毛骨悚然。

“你是说，他会使用那个形状，制作天线？”

“你是说他在后期，王海生已经不满足于仅仅是使用梦话来传达消息，而且开始在梦中控制他的行为了，你觉得这种转变是靠什么引起的？”

“你是说，天线增强了王海生和南生之间的联系？”

小林点头：“但事情没有那么简单。我们来思考第三个问题，当年天线已经可以收到一个人的梦话信号了。当时王海生刚出生还没有死呢，那个梦话信号是谁的？所以，当你使用天线的话，你确定你只是增强了你和王海生的联系吗？有没有可能，你收错了台。”

我的冷汗瞬间在干燥的宁夏空气中布满后背。

“所以在控制他行动的人，不是王海生。是一个二十世纪九十年代的另一个‘信号’？”我努力克制自己脑子里各种其他的想法。

整理一下思路。

南生从苍南受到打击回到上海之后，他开始梦到了宁夏的信息，于是他到达宁夏继续查找，发现了宁夏镇上使用天线可以接收到梦话的传说，他在疯子中问到了天线的形状，然后回上海自己制作了天线，想要增加和王海生的沟通，但是，他连接到了另外一个人，这个人和王海生的温和不一样，这个人开始直接控制他的身体，让他开始漫游。

接着，小林说出了我这个小说家完全自愧不如的一个假设。

“兄弟，你确定，来找你告别的那个人，真的是南生本人吗？”

我的汗毛直立，几乎心脏骤停。

第三十七章
天线

小林的意思是，那个南生其实不是南生，他已经被那个信号控制了。我遇到的南生是另外一个人。

这实在是惊悚，但我仔细回忆就慢慢舒缓下来。

小林的判断是出格的，我肯定那个人是南生，虽然非常憔悴和虚弱，但我知道他人是醒着的。南生的气质非常明显，如果有异样，我一定能感觉到。

当然如今回忆已经没有那么清晰了。人是很容易动摇的，特别是经历过记忆不可信的一些情况之后。但我仍旧相信，如果那个人不是南生，我一定能感觉出来。这是现实世界，不是武侠小说，替换身份没有那么容易。

不过，我对于南生的死却有了自己新的看法。

也许南生是因为不希望自己在睡梦中被人控制才自杀的；也有可能是因为事情太过离奇，他想用极端的方式弄清楚真相；也有可能，是因为受到了邀请。

不管是何种，都和那个新的“信号”有关，我看着小林，小林却摇头：“我打死都不会让你去做那种天线的。”

“那你觉得我现在应该怎么做？”

“最保险的方式，就是你听南生的，耐心地听完他借你的口说出的所有的梦话。从以往的经验来看，虽然这会让你神经衰弱，但这是安全的。”

说实话，我是害怕的。写小说到这里必须要铤而走险，否则故事不能升级，但如果让我知道我在睡梦中会变成另外一个人，我恐怕也会自杀。

我想了想，点了点头，放弃了铤而走险的想法。

“但是我至少得知道那个天线是什么样子的。”

“你不能知道，我去知道就行，我比你自控能力强。以你的性格，你一旦知道了，总有一天你会试。到时候你可能就会步南生的后尘，之后，老子应该就会在睡觉的时候听到你的梦话了，这我不干。”小林郑重地和我说。

我这才知道他是怕接力到他那里去。心中苦笑。

那天晚上，我有些魂不守舍地去了镇上的洗浴中心泡澡，然后找了一个喧嚣的二十四小时休息厅，和一群酒醉的人一起。半梦半醒的时候，我做了一个梦，梦到有人去验南生的尸体，发现南生的尸体头颅上，插着一根奇怪形状的天线，南生把自己绑在衣架上，让天线竖立着。警察发现天线真的在发出信号，他们追踪信号的接收，发现了我，然后询问我。

我隐瞒了所有我所知道的事情，但警察离开的时候，让我好好找找我的身上有没有天线一样的东西。

我在梦里找到了。我发现自己的脖子后面，有一根针，被扭曲成了天线一般的奇怪形状，插在我的后脑。我直接被吓醒了。醒来的时候大概是凌晨四点，四周全是酒气冲天的呼噜声。我发现小林没有睡，正在用手机查什么东西。

“怎么了？”我问他。

他给我看他的手机。他正在看我们在花头礁的照片，其中有一张照片，是拍的阿鸿画的“海观音”。

那个粗糙的形状，能够看出最清晰的结构，就是上面有很多天线一样的触角。

“海流云家被破坏得那么严重。有人在找一个东西，我们猜测会不会是海流云带了一个这种‘海观音’回来。南生也知道这个天线是关键，于是想去她家找到这个东西，但东西没了，所以不得已来的宁夏。”小林轻声说。

“海流云疯了，蓝采荷疯了，宁夏这里玩天线的人疯了，所有接触过这种天线的人，都疯了，看样子‘海观音’身上的这些触角，应该和这种天线是同一种东西。”我心中道。只不过花头礁“海观音”身上的天线，受到海水冲击，都已经扭曲了。

“有接收的天线，就一定有发射的天线。这种长波天线，发射源可以在世界上的任何地方，甚至可以在宇宙里。整个中国，为什么只有宁夏这个镇上，出现了这种天线的传说？是巧合吗？还是说，其他地区也有，我们不知道？”小林看着手机，“所以我把这个疑问发到了网上，现在已经有三十个回答了，都是来自宁夏的。数据证明，其他区域都没有这样的传说，只有宁夏有。”

“只有这里？”

“对，”小林道，“都是这个镇附近的，兄弟，这个镇一定有特别的地方。”

第三十八章
马斗鲁

我们所处的这个小镇，是宁夏平凡得不能再平凡的小镇了。它处于海原县，名字叫作海城镇。和中国所有的小镇一样，它有着自己特色的活力。这里我所陌生的是多民族混居的情况，让文化属性比较复杂，其他没有特别的地方。

当然，一个镇对于一个人来说，已经够大了，足以隐藏很多东西，我这种粗粝的感觉未必正确。

早上七点多，我们出来吃早饭，在街上闲逛。这里的早饭和中原大部分地方都相似，我们叫了豆浆油条，也吃了一些没见过的油饼，感觉这里的面食口感有些不同，其他都差不多。

这里节奏很慢，慢吞吞地走在街道上闲逛着，有一种自己身处另外一个时空的感觉。小林一直在联系镇上的关系。他通过自己的关系，一道一道地翻找。温州人家在四方，温州商会是消息非常灵通的组织，最终他从银川商会找到了人，联系到了海城镇的交警大队副队长。

副队长姓蒋，听我们说完了情况——当然是我构思的一个相对比较合理的故事——就点头。当年的天线传说，他有印象。他又帮我们问了刑警队的朋友，当时的案子只是有孩子失足受伤，所以并没有立案，并不知道那个传说是从哪里开始的。当时那个年代，这种恐慌性、猎奇性的传言层出不穷，这件事情并没有引起太多的注意。

但正如小林所言，这个镇上，真的有和其他地方不一样的特征——癫痫病高发。省里的医院来统计过，这里癫痫发病率大概比周围其他县镇高出百分之六百多，但暂时还没有发现是什么原因造成的。

癫痫的发病原因过于复杂，无法详细解说，大体是脑神经放电异常造成的。

这些说法让海城镇笼罩了一层神秘的面纱，但之后我们就再也做不了什么了。医疗机构花了几十年想查出端倪都查不出来，我们当然也不会有什么新的建树。

不过，蒋队长很热心，毕竟是刑侦系毕业的，在打听的过程中虽然没有提供太多关键信息，但为了让我们有事可以做，他问到了当年那个脑出血小孩的下落。

很有意思，他打听消息的那个单位，也建议我们去看一下那个孩子。孩子叫作马斗鲁，现在已经三十多岁了，那一次意外，似乎给他留下了很严重的后遗症，后遗症中就有癫痫。

我们来到他家里。马斗鲁家为了给他治病已经家徒四壁，家里只有非常简陋的家具，但面积很大，让我这种江浙人羡慕。马斗鲁浑身赤裸地坐在自己房间的地上，面对面前的床，脑袋不停地摇晃，眼睛闭着。

我和小林对视了一眼，小林轻声说：“这段时间见的疯子比我前半辈子还多。”

我看到马斗鲁的脑袋上，有一道可怕的伤疤，绕着脑子一圈。

这个人动过开颅手术。

蒋队长来到马斗鲁面前，马斗鲁似乎没有看到他，完全没有变化。

马斗鲁的妈妈掰开他的眼睛，让我们看。

我就看到，马斗鲁的眼睛虽然是闭着的，但是在眼睑之内，眼球正在飞速地转动。

转动快到什么程度？快到我几乎看不到瞳孔。

“这是非常严重的眼球震颤。”他妈妈说道，方言很重，但是用词很专业，已经六十多岁的老人了，给儿子看病把自己看成了专家，“国外有很多人都来看这个案例，都说是绝无仅有的。”

“这是什么病？”小林问。

他妈妈摇头：“他们说，只在人做梦的时候会发生。这孩子就是醒着做梦。”

这是一种明显的大脑损伤。当时技术不够精良，人救回来但是大脑还是受损严重。

“几十年了，一直是这样。”

小林就道：“我记得以前看过科普，人的大脑里管视觉捕捉的区域不知道你在做梦，于是你在梦里看到画面的时候，眼睛会做出反应。也就是说，他现在的大脑，认为他是能看到东西的。而且——”

“脑子里在以极快的速度，播放着各种画面。”我道。

我们看着眼前的这个人，意识到我以前对疾病的理解还是太浅薄了。

“那我们怎么和他沟通呢？”如果他永远都在做梦的话……

他妈妈从边上拿了一本笔记本和一根铅笔，放到马斗鲁的手里，对马斗鲁说：“你听得见吗？”

马斗鲁没有任何的变化，但是他的手开始滑动，他捏铅笔是用拳头捏的，歪歪扭扭地打了一个勾。

“他能听见，他可以控制自己的手，但说不出话。”他妈妈道，“你问他太难的问题，他回答不上来的。简单的，可以交流。”

我和小林对视了一眼，我就想知道他还记不记得是从谁那里知道天线的事情的。

但事实上马斗鲁基本不能回答，他只能回答“冷不冷，要不要吃饭上厕所”这样的简单问题。

我们也不忍多问，从房间里退了出来，到了客厅里。马斗鲁的妈妈给我们做了茶点，我们又不好功利地立即就走，于是就又问了一些问题，其实都是寒暄。我拿出了一些钱，作为咨询的费用。似乎是因为收了钱，马斗鲁妈妈觉得就这样聊几句话有愧于我们，就拉着我们去了另外一个房间。

我们过去一看，就看到这个房间里全是纸，堆的都是A4纸。

“这些都是他画的，有时候我们问他饿不饿，给他准备吃的，忘记把纸拿走了，回来他就画了这些。”他妈妈说，“我们就每天给他纸和笔，他一直在画一些我们看不懂的东西，一直画一直画，我们一直看不懂。找了很多专家，都说是乱画的。他爸爸就说肯定不是乱画，因为我们孩子不是疯子，他不会乱画的。后来是我们这里一个90后的义工发现了他画的是什么。”

“是什么？”我和小林看着涂鸦，如果让我们看，那一定是乱画的。

“还得等三十年才能知道。”马斗鲁的妈妈笑道，“我们也听不懂。听那个小姑娘说，他的画，画的是很多细节。是什么像素级别的细节，也就是说他看到的东西被放大得非常大，里面全部都是像素，他一页这样的纸只能画出几个黑点，这些黑点都能拼起来，但按照现在的速度，大概要三十年的时间，和一个足球场的空间，才能知道他画的这些细节拼出来的整体是什么。”

说着他妈给我们看了一张手机照片，那是现有的画，他们在镇小学的足球场上拼过一次，拼完已经有足球场四分之一的大小。用无人机拍的，但只能看到一个模糊的轮廓，什么都看不出来。

这就是我们在宁夏得到的所有信息，之后无论我们怎么努力，都无法再往前一步。

小林的假期很快就用完了，他提前回去上班，我在宁夏又待了一个礼拜，每天和蒋队长厮混，我的作家身份在镇里还是稀奇的，每天都喝得糊里糊涂就睡。回到南方之后，这件事情第一次真正意义上停止了。没有任何的进展，除了南生的第三个故事。

第三十九章
逼疯

我的梦话一直在继续，我每天早上起来第一件事情，就是播放自己的录音笔。南生一定不知道我在为他奔波，默默地开始了他的第三段叙述。

压倒我的最后一根稻草，就是这个第三段叙述。之所以我没有称呼为第三个故事，而是第三段叙述，是因为第三个部分，本质上就不是一个故事，甚至叫叙述都是很勉强的。

前两个故事，都是南生生前调查王海生的独立事件，确实也给我带来了不少线索。

这第三段叙述，第一句话是："他们接错人了。"

第二句话是一个数字：49。整个晚上，每隔十分钟，我就会念一遍这个数字，一直到我醒了过来。

我当时听录音的时候，第一反应是自己像卡带了似的，觉得很好笑，但很快我就笑不出来了。

第二天晚上，我仍旧是如此，整晚只重复了一个数字，但是重复的数字是：48。

第三天晚上，是47。

第四天晚上，是46。

我到了这个时候，才忽然明白发生了什么，我的梦话中，开始出现了一个倒计时。

每天这个倒计时会缩短一天，也就是，45天之后，倒计时将会归零。

到时候会发生什么呢？我第一次感受到了完全意义上的毛骨悚然，且无法克制，巨大的焦虑和恐惧开始笼罩着我。而我在白天的时候，除了面对一个新的数字，我什么都做不了。

我不知道你是否能明白这种感觉，我没有办法和任何人说明我为什么焦虑，因为别人从听完故事到相信我，需要一个特别长的时间。即使他们相信了我，他们也完全无法帮助我。

而我呢，我一不知道倒计时结束发生的事情，是会发生在我的身上，我会死亡，还是会如何？二不知道这件事情是否会发生在我的四周，是否我所处的世界会发生什么。总之，这个从另外一个世界发出来的倒计时，在还剩30天的时候，彻底让我疯了。

家人强制送我去精神病医院复查。在复查的时候，我的分数没有达标——虽然我已经非常机巧地去回答那些问卷了——我要立马住院。

我之前十分配合这种治疗，但是在这个节骨眼上封闭治疗，显然会耽误很多东西。我开始拼命地抗拒，可这却被视为症状加重的迹象。最糟糕的是，我录下的梦话被我弟弟搜了出来。

他当时和我说的原话是："你根本就没有好转过，这是精神分裂的前兆。"

让我最终决定入院的原因是，在那一刻，我竟然觉得他的话说得很有道理。我有一瞬间的恍惚。我忽然意识到，自己是不是处在一种精神错乱中，这个世界上怎么可能会存在我在追查的这种事情。

我对于南生的调查举步维艰，会不会这一切根本就是我幻想出来的？我幻想出来的情节，顺着推理下去，自然找不到更多的现实线索。

这是一个非常危险的信号，我在各方面的追查都陷入阻力之后，即使时刻铆足力气也没有意义，我决定冷静下来，把节奏放慢下来。

我在苏州的精神病院有一个单人的套间，当然远没有酒店的套间那么考究，但至少有会客室和单人的房间。这个房间是用储藏室改的。精神病院现在和正规医院一样，也是打开门做生意，对于我这种重度失眠病人，这样的病房是必需的。当然，费用也非常昂贵，我觉得这一年我最起码有半本书的稿费花在治脑子上。

关于精神病院，我可以有半本书好说。对于外面的人来说，这里面是人类精神世界的秘境，会有很多幻想和恐惧。事实上，精神病院大部分的状况和外面的医院一样，也是平淡无奇的。但是，不可否认，在这个大院中，也有很多人类穷尽想象力也无法理解的人。比如说，我知道一个病人，他在雨天发病，认为自己是一本书。

这种人的发病原因甚至无法推测，因为他发病之前没有任何和这个病症有关的表现。

我能接触的一般都是比较轻微的患者，他们发病都是有诱因的，平日里甚至可以非常有逻辑地谈论自己的病情，分析发病的原因。

精神病院最让我觉得有启发的是，这里的人没有秘密，因为秘密往往是诱使精神分裂的源头，这里需要把自己心里所有的秘密都说出来。比如说，这个认为自己是书的朋友，之前一直害怕雨水，害怕火焰，这是一个典型的抗拒症表现。如果他不告诉我们，他害怕的原因是因为他是一本书的话，那么很容易被误诊。

这也是精神病诊断临床经验尤为关键的原因。

我当然没有那么傻把我内心的忧虑告诉医生，我重建了一个内核，只选择了这个故事中的一些元素，比如说，我听说有人在苍南远海的礁石上发现了奇怪的东西，于是去查看，过程发生了很多意外，所以我受了刺激。

我重点形容了我发现的“牡蛎胶囊”的细节——这些医生对于说谎和隐瞒有着强烈的直觉，不是那么容易骗的。

检查完之后，医生的表情却很古怪，他问我道：“你是说，你在海里捞出来的‘胶’，有那么大，上面有很多触须一样的金属片？”

我点头。

医生继续道：“年代比较久远，椭圆形的？”

我看他注意的方向完全不在我说的受到的那些刺激上，而是在“胶囊”上，不免有些奇怪，“怎么了？难道你见过？”

“我还真见过，”医生对我道。他合上了档案。“不仅见过，我还有一个。”

第四十章
出现

我愣了愣，觉得他在胡扯。难道他意识到我在胡扯，所以耍我？

为了不失风度，我先做出一个模棱两可的笑脸。他站了起来，看着我，看我没反应，说道："我真的有一个，走，我带你去看看。"

我仍旧以为他是在开玩笑，可能要带我去其他检查室，检查一下我的身体指标什么的，所以就站起来跟了过去。跟着他穿过医院的走廊，走过一个小院子来到了他们之前的办公楼，来到了药品仓库。上到三楼，来到一间看上去不太使用的小房间门口，他叫来库管打开了门。

我走了进去，发现这是一个杂物间，屋子里全是各种各样的杂物，正当中放着一张老旧的四方桌，上面摆着一个巨大的诡异的东西。

我看到那东西的瞬间就一个趔趄，从门口摔翻了出去。

我看到了什么？

那真的是一个钢胶囊，和我在花头礁看到的一模一样，上面满是海锈和斑驳得好像腐烂骨骼一样的藤壶。可能因为不是在水下，看上去可怖了很多，竟然像某种诡异怪物的卵。

如果让我去幻想一百个会见到这东西的地方，我都不会猜到在这里，这难道真的是冥冥中自有天注定，老天送这东西来这儿的？

不可能啊。如果是这样，我就要怀疑，这一切是不是人为操纵的了。

我非常不喜欢阴谋论，但是很多时候人不得不往那个方向想。

幸好医生立即就解释了来历，我才意识到自己把问题复杂化了。

“这东西是你出院之后寄来的，应该是从温州寄来的。不过他可能写的收件人用的是你的笔名，你走之后那房间又住了好几个人，也不知道这个东西到底是寄给谁的，就搁置在这儿了。现在想来，应该是寄给你的吧。”

我摸了把脸，看来南生没有在海流云家找到这个“胶囊”，原来是海流云把这个东西寄给了我。

她不知道我出院，当时我也没有预计到我可以那么早出来，所以她还是按照寄录音带的老地址寄给了我。

这真是错有错招，又合情合理，意料之外，情理之中。

我爬起来，忽然意识到不对，问道：“你们有谁碰过这个东西？”

医生乘机点起了一根烟，说道：“都碰过啊。这东西特别奇怪，凡是见过的人都碰过，还有人说这是炸弹，看着有点儿像哈。”

我皱眉远离了他一步：“你没事？”

“没事，我有什么事？”他看了看这东西，忽然脸色一沉，“大作家，这不会真是一炸弹吧？你没疯到这地步吧？”

“不不不。”我急忙否认，已经被关到精神病院了，别再进局子里去。

“那这是什么玩意儿？”

“别人寄给我的，我怎么知道这是什么，”我说道，又追问了一句，“其他人也没事？”

“藤壶划伤了老卢的手。这东西非常重，四个人才搬得动，其他人都没事。你要不信我待会去厨房。”

老卢是食堂的厨子，病人在大院里拥有很大的自由度，只是不准走出铁门。

我这就纳闷了，碰了这个东西却没事，我的内在逻辑又断裂了。

我走上前去，想上去摸一下，但是终究不敢，因为之前那个伙计的状态让我心有余悸。

“我找人帮你搬房间里去，你晚上好好看。”医生抽完了烟，说道，“你刚才没说实话，到底怎么又被弄回来了？我们回去继续聊聊。还有这到底是什么东西？你都得告诉我，否则我告诉你妈去。”

“我真不知道。”

“还是没说实话，不配合我是吧？得罪精神科医生可是很失策的。”

我叹了口气，心里乱成一团，也没有办法应付他，想了想，自己又看了看那个“胶囊”，我看到“胶囊”的藤壶中，有几个突起的部分。

“这是什么？”我问他道。

“这是铆钉，这东西应该是两个半椭圆球合在一起的。应该是空心的，你听敲击的声音。”医生说着，一边用自己的钢笔敲了一下“胶囊”，发出了共鸣的声音。

“你能帮我找个扳手吗？再帮我找个工具房，最好是修车的那种，”我说道，“我要打开这东西。”

第四十一章
起航

医院内部有两个堆自行车的车库，其中一个被腾了出来。很多人都知道这个东西，都来参与。我把我的经历宣讲了一遍，医生听完就默默地去写我的病历了，我知道他肯定觉得我疯得厉害。

其他人和精神病人都有过相处的经验，大多也不是很相信，但是对于我在花头礁看到很多这种东西他们还是很好奇。

我们戴上手套，开始先用榔头敲上面的藤壶，他们说之前不敢碰是因为他们害怕这是水雷之类的东西。藤壶敲掉之后，露出了上面的铆钉。

我们用扳手和大力钳，想把铆钉起出来，这东西格外牢固，结合缝几乎是看不到的，非常紧密。

弄了半天，倒是把表面清理干净了，锈斑发泡的部分全部都是打造制品，我意识到这是一个后工业时代非常成功的人造品。

罐体非常匀称，接合平滑，表面处理的氧化拉丝非常匀称，如果不是形状是个比较扯的胶囊型，会是很有朋克味道的一件东西。

因为全部用砂纸打磨干净之后，发现其实生锈的程度并不深，如果有更精细的打磨设备，很快就能把这个罐子打磨得像银器一样。

不过，当时那个年代的冶炼技术不如现在，所以罐体整体发黑，显然钢的纯度有一些问题。

整个过程我一直从事着搬运等低端工作，其他的大部分工作都是老卢完成的，他热情很高，我一直没有碰过这个东西的任何一个部分。

最后，我们发现通过物理方式根本不可能打开这个罐子。

“这些是变形铆钉，打得非常密集，要用机床才能铲掉。”抽烟的时候老卢和我说，“相信我，我支援边疆的时候做过车床，前年还有公司要返聘我。这个罐子做成这样，说明原本是不准备被打开的，化工厂埋毒料也不过七个铆钉，这个都快打成马蜂窝了。”

“那你总有办法打开吧？”我对于重工方面的知识实在匮乏，于是抱着希望问他。

老卢抽了根烟，围着这个钢罐子转了半天，卖了半天关子，说道：“气割。这个我不会，你可以找老苏帮忙，不过医院里最近对他挺紧张的，应该不会让他碰危险的东西。”

老苏的全名叫作苏启航，是一个船上的修理工，什么都能做，可能是在海上待的时间太长了，回到岸上生活不到两年精神问题就越来越严重。

他是我的老病友了，他的家人显然认为把他丢在精神病院里省事，他也很有出息地没有怎么好转。

这里有很多这样的人，我将其称呼为非活动人口。这些人本身精神问题很严重，但是不至于影响生活，单纯是因为家里人为了自己的生活，把他们丢在这里。

所以我非常重视我自己和医生的关系，如果一旦被收容进来，患者自己的意愿就不再重要，不管你之前是谁，是百万富翁还是封疆大吏，你的话隔了一道门就一文不值，除非医生证明你在说这句话的时候有民事行为能力。

老苏有攻击性。其实他年纪不大，二十七八岁，身体单薄，但是洗澡的时候你能看到他其实肌肉线条非常好，应该是工作造就的。他有时候行为很古怪。传说有人见过他用肘部把男护工压在门板上，用肘击打断了对方三根肋骨。

那些男护工都是空前强壮的，无法想象单薄的人力气那么大。平日里他是一个非常安静的人，声音也非常好听，根本看不出来他会有危险。

老苏以后会伴随我们的故事很久，所以这里多提一点儿。

精神病院现在有两个区域，一个是我这样的病人待的，其实说好听点叫作封闭疗养区。里面有一个重症区，那就是牢房一样，这些病人都是有极强的伤人或者自伤的倾向。

我上次来见苏启航时是在外面的区域，但是他偶尔会进去几周。总体来说，是需要偶尔进去吃禁闭的病人。这样的病人，医院是不可能让他触碰到危险的东西，甚至不应该让他接触新鲜的事物。

这里的生活，最好的方式就是一成不变。任何新东西，就算只会让人产生新的联想，都最好不要有，所有新的东西都有可能是发病源。

这确实是个挑战，但是我内心的欲火已经按捺不住了。老卢带着几个食堂的洗碗工就走了，他是工作人员，他如果实际参与这种事情，恐怕会工作不保。

“反正你打开了叫我，”他低声和我说，“气割的东西，我明天帮你搞来。”

第四十二章
这是一个航海坐标

我晚饭的时候在食堂里看到了苏启航。他总是一个人坐着，十米内的气场都很凝固。

精神病患者大部分都不傻，甚至大部分都是用脑过度的，对于危险分子，他们也会本能地避开。在精神病院里都被孤立，这种人，如果不是正常人，就是彻彻底底的疯子。

我坐到他面前的时候，食堂里所有吃饭的声音都停止了。

他的手上有新伤，估计病情最近又发作过。

我回头看了一眼老卢，老卢在分发饭菜的橱窗后头，对我使了个眼色，意思大概是："上吧，伙计。"

我在医院里也是一个很特别的角色，苏启航对我也有些忌讳。

看我坐了下来，苏启航疑惑但是警惕地看着我。

"这儿的饭菜挺贵的吧？"我朝他笑笑，因为我看到他只点了一个蔬菜一个汤。按照常理，所有病人的饮食都是固定的，除非家里人拖欠住院费。

他也笑笑："还行。"

"我有个活儿，缺个气割的，"我说道，"两千块钱，你做不做？"

他疑惑地抬头看了看我："在这儿？"

我点头，压低声音指了指后院："车库里。这么大的钢罐，我要切开来。我知道你的情况，咱们可以偷偷来，争取一次搞定。"

"你能搞到气割的工具？他们不怕你逃出去？"他把菜汤倒进饭里，"你别耍我。"

"眼见为实。不过你如果要气割这么大的一个瓶子，需要多久？"

"要看瓶壁的厚度，"他把餐具放下，看了看四周，对我道，"先带我看一眼。"

我带他来到车库，钥匙在老卢那儿，算是医生变相在监控我，但是老卢和我关系好，偷偷把钥匙挂在锁上。

我打开门进去，打开灯，苏启航就看到桌子上的庞然大物。

"就是这个。"我说道。

苏启航没反应，我转头看他，发现他露出惊异的表情。

我愣了一下，就看他转头退出了门外。我奇怪问他怎么了，他说道："这东西是从海里来的吧。赶紧丢掉吧。"

"你怎么知道不对劲？"我心里奇怪，"你怎么知道是海里来的？"

难道他之前见过？

我不相信有这种巧合，他也摇头。

"我在海上跑船十七年，我知道海里很多东西都是有古怪的。在海上，你如果遇到奇怪的事情，最好的方式是不要去理会。这东西，在海水里抛了很长时间，透着一股恶心。我劝你赶快丢掉。"

我看着他，发现他的表情是认真的，那一瞬间，我无法判断他说的是真话，还是脑子有点错乱。

他转头就走，我立即抓住他："我真的必须要打开它，如果你不想帮我，至少教我怎么弄？我钱还是给你。”

他看了看我，说道：“你把精神病院当什么地方了。”

我当即掏钱，一张一张数给他，他看了看那“胶囊”，看了看钱，最终还是接了过去，然后小心翼翼地走近那个“胶囊”。

他和我一样，没有触碰这个“胶囊”任何一部分，而是绕着转了好几圈，说道：“你知道里面装的是什么东西？”

我摇头，他道：“这是一个螺旋胶囊，上下两半一样大，这说明这个胶囊是螺旋拧在一起的，再用铆钉固定，里面应该是固体，不会是水或者气体。你必须知道这个固体是什么，否则用气割会有危险。”

“为什么？”

“如果里面是黄色炸药呢？这个罐子的大小，整幢房子都会被撕碎，”苏启航说道，“处理这种东西得非常小心，你必须先打一个洞。看看里面的情况，在机床上打模具钢螺丝孔的设备可以用。不过你这东西的形状像炸弹，估计没人敢帮你忙。”

“那怎么办？”

他坐下来：“硝酸。”

我还是去找老卢，让他尽快帮我整点硝酸来，越快越好。这种东西看上去很难采购到，但是在中学里有关系可以拿到大把。

那天晚上我在病房里琢磨了半天，比较鸡贼的想法是用硝酸溶解铆钉。铆钉溶解了之后，因为常年的封闭和生锈肯定已经把两个瓶体死死黏住了。只要有足够大的力气，我觉得还是有可能拧开的。

这个过程可能要使用卷扬机一类的电动马达，我决定用汽车的驱动轮，把轮胎卸下来，把这东西装上去，然后只要固定另一端，启动发动机，油门踩到底，我就不信拧不开。

具体的过程就不赘述了，我是在第二天进行的操作，老卢和苏启航都来了，铆钉的部分很顺利，装到汽车轮上有一点小麻烦，后来我们不得不使用了摩托车。全部装卸完成之后，把固定端那些天线一样的东西焊死到车库的铁门上，然后发动了发动机。

最开始几下纹丝不动，我锲而不舍地踩着，一直踩到发动机发出了煳味，忽然我们听到“嘎啦”一声，铁锈末四溅。接着一半的罐子急速转动，露出了里面锈烂的螺纹。

瞬间罐子就被拧开了，我抛下胶囊跑出去十几米隐蔽起来，结果没有任何事情发生。

走过去，就看到里面没有炸药，没有任何的粉末，也没有其他任何的东西，竟然好像是空的。

这多少有些让大动干戈的我失望，我蹲下去，仔细看了看，发现在底部的胶囊中，有一个架子，架子上放着一片金属片。

我把它拿了出来，发现那是一个铭牌，上面有三个单独的数字。数字精确点到了小数点后面两位。

他们围过来看，都觉得很意外。

“就这东西？我还以为最少有点黄金珠宝什么的。”老卢说道。

“也许这牌子就是黄金的，你看一点也没锈。”他一个徒弟说道。

我掂量了一下，这个体积这个重量，和黄金没关系，甚至不是铁，是铜块。

徒弟蹲下去，继续去看两个罐子，沮丧地挠后脖子。

看热闹的人慢慢散开，只剩下我和苏启航默默地看着那块铭牌。

“你有什么头绪？”我就问他。

他抽着烟，默默道：“这是一个航海坐标。前面两个数字，是平面的位置。这个坐标，应该是在南中国海。”

我打了个激灵。在那一瞬间，苏启航在我心里的地位空前伟岸了起来，他还是有专业技能的。

“那最后第三个数字呢？”

“我不是很清楚，不过看这个数值，可能是水下的深度，”苏启航说道，看了看那胶囊，“水下 450 米，这是一个信息瓶，指向南中国海深海的某一个地方。”

第四十三章
海底文明

海洋，海洋上的一个坐标。因为苏启航是水手，他甚至能精确地知道，这个坐标是南中国海。王海生是死在海里的，死在花头礁，花头礁下的海底钢罐里，有一个南中国海的坐标。花头礁就在南中国海，而王海生死了之后，就在别人的脑子里说梦话。

这些似是而非的线索，似乎确实串联到一块儿了。按照小说家的思维方式，那王海生可能没有死，他在那天晚上，是被大洋中某种神秘的力量带走了。那个力量留下了那些胶囊，让后人去那个坐标接他。

王海生到了海里之后，得到了那种神秘力量的改造，有了脑电波控制别人的能力，他一直在通过脑电波控制南生，让他在梦里说梦话，梦话的内容就是求救信号。但是南生一直没有能够理解这些梦话的内容。终于，王海生的能力越来越强，他开始可以控制南生的身体，并且希望通过控制南生的身体来拯救自己。

但是整个事情被神秘力量发现了，于是它们控制了南生，伪造了他的自杀，然后把他也绑到了南中国海上。南生于是开始向我求救。

这就是一个脑电波沟通的神秘海底文明的故事。听上去还颇不错。

晚上喝酒的时候，我看着那块牌子，和他们把我的想法讲了，但没提倒计时的事。除了苏启航没有和我们一起吃饭，在一边远远地看着我，其他人听得津津有味。有一个人说道："其实也有另外一种可能性，就是第一次来找你的那个人，就是王海生。"

"怎么说？"我忽然觉得很有意思，对方道，"他被那个神秘力量绑架了之后，立即就控制了南生，然后自己录制了梦话，伪装成有这么一件事情，勾引你去调查这个事情。"

这也是悬疑小说的写法之一。当然这都是瞎说，我当时并不知道，我的这个推测中，有一个关键的点，被我忽视了。

吃完饭我就开始盘算接下来该怎么办。以前所有的调查，都是在人间进行的，就算是去花头礁也几乎是领导考察的规格，是带着烧烤架和啤酒去的。南中国海上的一个坐标，普通人应该是不可能去的吧。

医院的食堂在一楼，吃完之后很多病人在门口的花坛边上抽烟，接下来就是打球、看电视的时间。我在花坛上发呆地想着事情，想着怎么有可能到达那个地方，身边有哪些朋友可以帮忙……这时，苏启航坐了过来。

苏启航一过来，所有人就都散了。他坐下来，我发现他的手有点抖。

"怎么了？"我问他道，我此时觉得他可能发病了要打我了，心里也有点儿紧张。

他问道："你要出海？"

"这——不一定吧，就几个数字，怎么去啊。"我道。

"听说，你是自愿进来的？"

"难道你不是？"

"我是故意伤人鉴定强制进来的，"苏启航和我道，"所以，你可以随时想走就走？"

“可以这么说。”我知道只要我坚持，我是可以立即出院的。当然，这样会让我父母担心，毕竟他们已经觉得我疯得无可救药了。

苏启航忽然握住了我的手，我发现他的手抖得更加厉害：“带我出去，我可以带你出海，你去哪里都可以。”

我愣了一下，他继续说道：“你只要负担油钱，三十万到六十万之间，看天气。我找我朋友的远洋渔轮，船很大，他们出海一次两个月，可以用GPS到你这个地方。你做什么都可以。”他看了看手表，“两个礼拜之后，他们就会出海，渔季到了。”

我看着他的手，他手心里都是汗，我就问他：“你在这儿养病不好吗，为什么要出去？”

他看着我：“我十六岁就开始出海，一直在海上，我在陆地上，就不正常。我得回到海上去，我的病才会好。”

我听说过很多船员都会有一些心理障碍，毕竟两个月在海上只有男性，人的行为驱动会慢慢接近动物的本能。长期失眠和海风的侵蚀会让人精神高度疲惫，但上岸之后都会逐渐好转，没有听说回到船上会好的。

精神病院虽然有一定程度的自由限制，但远没有到监狱这种程度，所以苏启航其实是可以出去的。不过我也能理解，他和家里的人关系不太好，也许他以为他会被一直丢在这里。

但我只能对自己负责，我还没有能力在精神病院只手遮天，我摇了摇头：“我做不到，我没法带你出去，这不是我能决定的。”

苏启航点上一支烟，对我道：“你一定得想办法，因为我对你有用。”

事实上既然知道了渔船可以出海，那我找小林一样可以搞定，但我不想刺激他被他打，就和他说，我还没有决定要不要出海，毕竟长时间在海上是需要资质的，我这种身体，进入到每天都是30度颠簸的风浪中，不知道能不能坚持下来。

苏启航接着说道：“你的那个坐标，是一个很有名的地方，那里并不是海面，是一个岛。渔船是不能停靠的，因为吃水太浅了，但是我上去过。”顿了顿，又道，“我们有时候会坐救生艇过去。在渔船上，你无论找谁，他们都不会想负这个责，让你上岛。你需要一个人偷偷带你上去。”说到这儿，他压低了声音，“远洋水手是特殊津贴工种，非常危险，我知道你有钱，但有钱并不代表你不会和鱼一起冻在冰柜里被运回来。我在海上的那些年，光轮机长就冻过两个。”

我被他说得一愣一愣的。他继续说：“而且，关于那个岛，还有一些事情，我到了那儿才会告诉你。所以，你需要我。”

第四十四章 就是这里了

苏启航的话我不是很相信，我觉得他只是要找一个办法，让我带他离开这里。说实话，即使我有这个想法，也愿意相信他，我也没有这个能力做到。第二天我就想了个办法，带着那个金属牌请假离开了医院。我在外面的酒店打电话给小林，问他苏启航和我说的那个办法，能否真的有效。

事实证明这件事情要比苏启航说的难很多，一来对方不认可我要上岛的理由。无论是作家采风还是体验生活，对方都不予接受。因为海上生活的艰苦，他们认为超出我的想象。第二是水手的心态和普通人不一样，我即使愿意给足够的钱，他们也害怕我在海上无法适应，出意外之后家属索赔。当然这里还有一个非常重要的因素，就是坐标实在是太远了，他们害怕我是否和海盗有勾结，把他们骗到远海进行劫船。

这种都是不亲自去问，你不会知道的信息，在陆地上生活的我们，绝对不会知道其实南中国海上也有海盗出没。

经过了一番思想斗争，最终我还是向苏启航妥协了。因为我实在等不起，梦话里的倒计时在一天一天减少。当然，我仍旧不可能利用合法的方法把他从精神病院放出来，我只好用了一个最土的办法，买通了后厨的泔水车，他就躲在泔水车里溜了出来。

他出来之后，我一度担心他直接跑掉，但他出海的欲望，甚至比我更强。他很快就联系到了自己的老同学，有一个老水手做担保，走不是官员的通道，我们很快就在舟山和船员们接上了头。船长叫孙祖军，大副叫庄杨，都是穷地方来的，庄杨一年也才六万多的收入，用他们的话说，没有办法才待在海上。苏启航是他们的老船长，孙祖军没有当船长之前，是在苏启航的船上当大副。所以苏启航一来，他们都叫他船长。

一艘远洋渔船上，船长主要管理驾驶台，轮机长主要管理机舱。渔船上的两个部门——甲板部和轮机部，甲板部主要负责航行，成员包括大副、二副、船医、三副、管事、报务员、水手长、木匠、大厨、一水、二水和二厨；轮机部主要负责作业，成员包括轮机长、大管轮、二管轮、电机员、三管轮、机工长、铜匠、机工和机舱实习生。这些人我不需要一一认识，为了合法，船长把我批成了驾驶台的实习生。

苏启航还是比较给我面子，但明显所有人都不知道我的路数，几个人合计了一下航线，我都听不懂。说实话把苏启航从精神病院弄出来之后，我的状态就非常不好。我到了舟山才意识到，我自己到底干了什么。

如果只是在梦里说梦话，毕竟只是个奇怪现象，我装糊涂不去查，一辈子过去也就过去了，但倒计时，意味着有什么事情即将发生，那装糊涂恐怕是装不了了，这种我在浪费时间，时间在快速减少的巨大压力，让我们立马出海。

海上的生活颇有值得记录的部分。在这段时间里，我也更加了解了船上的人，对于苏启航也有了很多不同的认知。有空可以记录下来，但这里容我长话短说。我在海上的第六天——我们出海之后谎报了鱼情——我们是直接冲着坐标就去了——我的梦话开始出现了变化。

倒计时仍旧是倒计时，但在倒计时之后，我在梦里开始笑。

我不知道这意味着什么，这是积极的肯定，还是真的闹鬼了。我在我的房间里装了摄像机，拍摄我睡着时候的样子。我虽然没有南生那么夸张的被控制的状态，但我也时常觉得，我在晚上拍到的熟睡的我，根本不是我本人，是一种其他的生物。

在我的焦虑即将达到极限，倒计时只有十五天时，我们到达了那个坐标，之前从他们的聊天中，我就知道苏启航没有骗我，确实那个地方不是一片汪洋，他们路过这里的时候，都会看到一片岛屿。用苏启航的话说，这其实就是一个岛屿，只是大部分的地面被淹没在水下六七米的深度，所以露出了很多高地，显得是一片群岛。这里大船是开不进去的，只能用小船进入。

这不是我意识中的孤岛，有沙滩棕榈这样的，这个岛屿全部都是岩石组成的，岩石被海浪打得狰狞嶙峋，我一眼看去，浑身的鸡皮疙瘩都起来了。因为这个岛，和花头礁实在太像了。

岛上什么都没有，一目了然。我忽然有一种恐惧，害怕长途航行到了这里，一无所获。还是说，在这里的礁石的水线下面，也有那种胶囊？

我们在外海停泊，苏启航履约放下救生艇，和我一起带着GPS进入了这片岛区。在海上的时候，我仔细地看了水线以下，这里的水很清澈，我没有看到任何的胶囊。

这里纬度很低，光照之强烈让所有的一切都显得白花花的，礁石被太阳晒得腥气逼人，他把救生艇拖上岸。

两个人于是继续往前，很快，我们便来到了那个坐标所在，是在一块礁石的正中央。可以说是这个地方最平坦的地方了。

苏启航点上烟，看了看脚下，看了看我："就是这里了。"

我走了过去。那个地方，什么都没有。我问道："那个坐标是一个三维坐标，除了这个点之外，还有一个代表高度的坐标。"

苏启航点头：“是的，所以你要找的地方，要么就是在你头顶上四百千米高的地方，要么在你脚下四百千米深的地方。”

脚下四百千米的地层是钻石产生的地方，人是无法到达的，如果有钻孔到那个深度，会有巨大的压力让岩浆喷上来。

为什么是四百千米，不是四百米？我问苏启航，那个坐标上没有刻度。苏启航说，如果按照经纬度的比例尺，不是以千米计算，这个坐标会显得不够科学。

我站在那个点上，仔细地去看头顶和脚底，真的什么都没有。苏启航就在边上问我：“你到底在找什么？”

我心说我怎么知道在找什么？我本来以为路上已经这么辛苦了，在这里可以简单一点，没想到和花头礁一样，难道要到礁石下面去看看？

在这件事情里，一定是有一个人，这个人制作了那些胶囊，在里面放入了坐标。这个坐标肯定是有意义的，这个岛的存在，其实就是一种证据。但到目前为止，我看不出他做这些的用意是什么。这让我有一种无力感，到了这里，这种无力感就更加明显。

“你说，坐标会不会偏移？”

“你什么意思？”

“就是三十年前的坐标指的是这里，三十年后，坐标会偏一点，因为地球磁场的关系。”

“你是指，这是三十年前的坐标，但是三十年后坐标已经移动了？不会。”苏启航说道，“你要找的地方就是这里，我已经完成约定了。”

我看他的表情，觉得他早就知道是这种结果，叹了口气，觉得自己也应该早就想到。

忽然我想到一个事情：“你不是说，这个岛上有什么特殊的，需要用到你的地方，是什么？”

苏启航朝我挥了挥手。我跟着他往礁石下爬了几步，走了几个特别难走的拐角，这里有一条路是在水下的，得蹚水过去。过去之后，就绕到了这块礁石的下面，有一块肿瘤一样的大石头，颜色和这里的石头不一样，石头上有一个缝隙，我立即就看到，在那个缝隙里，坐着一个东西。是灰褐色的，外面裹着皮革一样的东西。我一开始还以为是海洋垃圾卡在里面形成了一个怪形状，但是仔细一看，我就发现，那是一具骷髅。

那是一个死人。

第四十五章
尸体

我倒吸了一口冷气，心脏立即狂跳，我没有想到在这种远洋的礁石上，会有尸体。

尸体裹在一堆海洋垃圾里，皮革应该是他的衣服，已经长满了藤壶，连同骷髅的头骨，都和藤壶和礁石长在了一起。

“这是谁？”我努力按下自己的紧张。

“我还以为你是来找他的呢。普通人不会到这里来，有一次一个水手到这里来，水壶掉下来，落到了下面，他下来找，看到了这具尸体，那个水手告诉过少数几个人，其中包括我。”苏启航的烟还没有抽完，“没有人知道他是谁，应该死了有几年，被藤壶包住了，尸体已经带不走了。”

“你们没有上报吗？”

“上报了你就得带着海事局的人再来一趟这里，多一事不如少一事吧。你过去看看吧，说不定和你要找的东西有关。”苏启航一点也没有要过去的样子。我深吸了一口气，爬过去，心脏就跳得更快了。

翻动了一下尸体身上的衣服，常年的海水冲刷已经把尸体的皮肉全部都冲走了，甚至骨头也已经不多了，可即使如此，手指上传来的滑腻的感觉，让我还是觉得我的手不能要了。一翻动尸体上的衣服，就爬出了好几只螃蟹。我起了一身的鸡皮疙瘩。这个时候，我看到了骸骨边上的一团藤壶中，包着一个闪亮的东西，我凑过去，发现是一块手表。

我用边上的石头把藤壶砸掉，把那块手表拿了出来。手表是不锈钢的，可即使如此，上面的锈点也非常多了。翻过来，看到手表是一块定制的老式手表，是几十年前非常贵重的梅花表，在表的后表盘，还刻着一个定制的图案，似乎是某个工厂的定制款，是当年用来表彰劳动先进用的奖品。

我看了看那个图案，浑身一个激灵。不知道为什么，如果是常理之中，我绝对不会联想到这个图案所透露的信息，但在那一刻，我几乎立即就意识到了背后的端倪。

之前在宁夏，我们去那个疯子家里，看到过无数的A4纸。那个疯子在画什么东西？他家里人告诉我，因为那个疯子每次只画一小部分，要十几年之后才能画出那是什么东西来。但我一看到这个表后面的图案，脑子里再一对比那个疯子已经画出的那一小部分，我立即就明白了，那是同一个图案。

手表的表带上，还有一个人的刻字，已经看不出来了，只能看到“沈国”两字，第三个字看不出来，应该是这具骨骸的名字。我自己观察，看到在那个图案下，有一个“河北工构不锈钢制品厂”的钢印。再仔细看这个图案，是一个“工”字的变体。

我找了一个地方坐下来，海风吹着我的同时，阳光直晒在我背上。苏启航示意我去阴凉的地方，我们找了一个礁石上有上面石头阴影挡住的空间，坐了下来。这里的礁石上有很多虫子一样的东西，我们一坐下来就全跑开了。

我看着手表，觉得无比不可思议。这具尸体一定和整件事情有关，这毋庸置疑。但是，在宁夏的疯子，为什么一直在画一个国有不锈钢制品厂的厂标？而且他是用像素的方式，要十几年才能把厂标画出来？我在远洋的海上，本以为这里会有外星人或者海底文明的痕迹，或者至少是二战时期的宝藏，但我们找到的只有一个国有不锈钢制品厂的员工的尸体。名字应该叫沈国X。

河北的一个不锈钢厂的工人，为何会死在南中国海的深处？

这整件事情疯了，彻底疯了。小说是绝对不能这么写的，好在这是现实，但这个现实意味着什么呢？

苏启航在我思考的时候，帮我继续仔细地检查尸体。我发呆的时候，他有了新的发现，递到了我的面前。

那是几个玻璃瓶子，上面有的标签已经被泡得什么都看不清了，瓶子里面也已经全部都是霉斑。瓶子肯定是打不开的，瓶盖上全是藤壶，还有一个几乎全部都是藤壶的“球”，接过来一看，发现似乎是一个水壶。

“就这些了。其他的，你得把这里的藤壶全部敲掉才看得到。也许下面还有一些东西，但我们没有工具，得回去拿。我建议你回去睡个午觉，下午再过来一趟，晚些时候这里会凉快一些。”

我这才有点缓过神来，看着那具尸体想了想，我决定听苏启航的。这里太热了，我无法安静地思考，我现在要一个有空调的空间，仔细思考问题。

我们回到船上。船上的人都问我有没有收获，我分不清他们是幸灾乐祸还是真的好奇，就直接回了房间。中饭我也没有吃，我把所有的东西摊开在桌子上，用螺丝刀一点一点去敲玻璃瓶上面的藤壶，终于把玻璃瓶拧开了，里面竟然是药片，都发霉了，但是我在玻璃瓶的瓶盖的背面，发现了药的名字。

这种药叫作伊马替尼，是一种非常古老的治疗癌症的药。

这具尸体，患有癌症？

我也很快清洗了手表，知道了沈国最后的一个字是鲤。我用卫星信号接入网络，以六十块钱一分钟的网费，让我的各种朋友去查河北不锈钢制品厂。这个厂竟然还在，只是工人都没有了，厂房一直都没有拆，而沈国鲤是1976年到1999年间那个不锈钢厂的厂长。到了这个份儿上，老工人就很容易找到。很快就有朋友回复说，找到了一个当时的工人，工人说这个厂长是一个做事情非常有条理的人，还是北大少年班毕业的高才生，当厂长之后，喝酒喝得多了，就没有那么聪明了。但是沈国鲤最后的去向，并没有提到。他没有结婚，平时话也不多，几乎没有朋友。

这些抗癌药显然是沈国鲤的，那么沈国鲤得了癌症，是否是他一个人死在南中国海上的孤岛上的原因呢？人说选择自己死亡的方式是一种浪漫主义的体现，但一个人在当时那个时代要费多大的力气，才能让自己死在远洋海域？这是否符合逻辑？

当我看到那只水壶的时候，我开始意识到，我终于在整个调查中，开始迈进了一大步。

把外面的藤壶敲掉，它的材料和之前发现的钢制胶囊是一样的。水壶已经不可能拧开了，我借了钢锯，把口子锯掉，里面全是锈水流了出来。并从里面掉出了一枚戒指。戒指是金的，上面有两个中文字：藤壶，后面接着一个年份，1990。

我想把戒指戴到手指上试一下，发现只有小拇指的第一截可以戴进去。这种指围一般都是女性戴的。这是一枚女人的戒指，他藏在了水壶里，临死都放在身边。但是什么样的女人，会叫作藤壶呢？

我仔细想了想——不知道为什么在那几天我的脑子特别清醒——我意识到藤壶也许不是本名，这个世界上，不是本名，但是会刻在戒指的内圈的，要么是昵称，要么，是一个笔名，只有这两种名字和本名一样重要。

藤壶不会是一个昵称的，在一段恋爱里，如果一方决定叫另外一方藤壶，那么爱情也应该结束了。

这应该是一个笔名，但我看的书算多了，却没有见过藤壶这样的笔名的作家。这个笔名有可能用在笔友的书信往来中，或者一些非常冷门的出版物中。

我让我的朋友们帮忙，在各个省立图书馆或者大学图书馆里去找，只找到了一位拥有藤壶这个笔名的人，是一位女诗人，只出过一本诗集。我用卫星电话和她通话，询问了沈国鲤的事情，至此，我们的故事在这里开始转折，并且全面展开。

下篇 世界

第四十六章
死亡坐标

我们再来复盘一下整个事情，在花头礁发现的那种钢制“胶囊”中，有一块刻着经纬度和一个疑似垂直坐标数字的铜牌，指向了南中国海上的这座岛。

这座岛上，坐标的所在，什么都没有，但在石头的缝隙中，我们发现了一具尸体。

尸体的主人的名字叫作沈国鲤，是河北不锈钢制品厂厂长。河北不锈钢制品厂是一个国有的厂子，组织上有详细的记录，所以很快我就联系上了当时厂里的一些老工人。沈国鲤身边带着一枚戒指，是一个叫作藤壶的女人的东西。

不出所料，这个藤壶是个笔名，我找到那个叫作藤壶的女诗人的时候，她非常惊讶有人会因为那本诗集来找她。但我说起了沈国鲤，她就沉默了。

整件事情一直以来笼罩在非常沉重的谜团里，但是她的出现让这个故事变得有一丝人情味起来。

藤壶告诉我，她是沈国鲤的笔友，沈国鲤看到了她的诗集之后，和她联系，两个人通了四五年的信件，这在当时是比较常见的社交方式。

藤壶告诉我，沈国鲤对她是喜欢的，但无奈她当时已经有了家室，而且比沈国鲤大了六七岁，她觉得不太合适，就婉拒了。

那本诗集，是她年轻时候创作的，也是十分坎坷地出版了，当时她自己很开心，毕竟这在文艺青年这里，算是一个很大的成就。但诗集并没有太大反响，她最后也就做产业工人，结婚生子，并没有想过会有仰慕者出现。

我听到藤壶是在一本颇有分量的杂志上发表诗歌，最后结集成书的，大概知道她其实是有一些水平。

沈国鲤是以诗歌爱好者的身份和她交流的。但藤壶告诉我，在多年的往来信件中，她觉得沈国鲤并不是真的喜好诗歌，他们谈论诗歌的次数非常少。更多的时候，是沈国鲤在向她倾诉自己的爱意以及述说琐事和烦恼。

最大的烦恼就是沈国鲤的癌症。在通信中，沈国鲤慢慢透露出，自己患有癌症。在抗癌的过程中，他看到了诗集，并且深深地为之着迷，才来和她联系。

对于这样的人，藤壶当然要给予鼓励，于是回信安慰他，两个人才开始了笔友联系。藤壶是海南人，所以两个人当时也不具备见面的条件。

这些信件藤壶并没有保存，我听着藤壶的话，大概知道藤壶并没有说出所有的实情。因为那一枚戒指，以戒指作为礼物交换的人，不会是那么浅的关系。但毕竟岁月流转，每个人当时的境遇和现在的境遇已经大不相同，有些事，藤壶是不会承认的。

藤壶对沈国鲤的印象也是沉默寡言，患癌之后，沈国鲤并没有明显的情绪变化，反而变得更加忙碌。在信中，他告诉藤壶，他有一种全世界人都无法相信的治疗方法，可以治愈自己的疾病，但他需要很多钱，他甚至透露他开始亏空厂里的资金，去实施他的治疗计划。

藤壶曾经劝他不能铤而走险，她觉得沈国鲤可能被江湖骗子骗了，但沈国鲤对她保证，他是绝对科学和唯物的。

“我们只看到眼前的世界，而忽视了我们看不到的世界。”这是沈国鲤的原话，“事实上，我们有无穷的可能性，只要你有超越眼前的内心。”

这些带着诗感的句子，似乎是沈国鲤为了迎合藤壶的身份而特地设计的，我都一一记了下来。

我问了藤壶，知不知道他的计划具体是什么？藤壶说她没有细问，但沈国鲤和她有一次郑重的告别，她知道他是要出海的。但她没有弄明白，为何那次告别那么正式。后来她才明白，那次通信之后，沈国鲤就和她断了联系，沈国鲤应该知道，那是他们最后一次通信。

“那是几几年的事情？”我问藤壶。藤壶想了一会儿，告诉我：“是2006年。”

我的背脊开始出冷汗，这一年，也是王海生死的那一年。

“哦，对了，有一件特别奇怪的事，当时我就有注意到。”藤壶和我说，“在这几年的信里，他一直在感谢我，几乎每封信，都有大量感谢的话。我虽然知道他是喜欢我的，但这样的感谢，和喜欢似乎没有关系了。其二，他一直在抱怨中国的钢材质量，他说当时的钢不好。”

我让我的出版社把藤壶的诗集全部一页一页传真给我，这个大概要一整个下午的时间。太阳到了下午三四点才开始稍微下去一点，苏启航带我重新上岛。我也不知道还能做什么，就把岛上前前后后的缝隙，重新又找了一遍。

再看到沈国鲤的尸体的时候，我的感觉已经不一样了。之前他是猎奇的无名尸，现在他已经是一个有血肉的残骸。

他当年得了癌症，一直想要把自己治好，大概是在2006年，他出海到了这里，带着药物。

有一种可能，是他的治疗方法失败了，他绝望之下，想到海上来等待死亡。为什么我会这么想，是因为一个喜欢诗歌的人，可能会选择浪漫主义的死亡。也就是藤壶的诗歌中，可能会有大海和死亡的描写，影响了他。这也是为什么我要看藤壶的诗的原因。

但这个推测其实是不可能的，因为那些钢罐，还有坐标铜片说明了一切。显然他是把自己的去处——也就是这里——刻在了铜片上，然后装在钢罐里，沉在了花头礁。

为什么他将钢罐放在了花头礁，我们暂且不讨论了，但他如今的做法，是用了非常夸张的方式留下自己的死亡坐标，那么他就不是想默默地死去，如果想让别人以后能找到他的遗体，也不需要用那么多钢罐去存放坐标。

他一直在抱怨钢的质量不好，这种用那么大的钢罐，存放坐标的方式，显然，他是希望里面的坐标铜片能够极其完整地保存下来。

这是非常缜密的考虑，和一个将死之人浪漫地想死在大海深处，是两种完全不同的气质。

以我对人类的理解，沈国鲤不仅不浪漫，而且应该是一个比普通人要理性的人。他千方百计要保存下自己的死亡坐标，然后自己来到南中国海深处，应该如他自己所说，有一个完全理性的、唯物的理由。

与他同一年出海的王海生，同样死在了海上，2006 年的大海。

2006 年的大海上，到底发生了什么呢？

第四十七章
约会

这一次去到小岛，苏启航把遮阳伞都带去了。我原来以为他是怕我晒着，结果他找了一个礁石背阴靠海的地方，把遮阳伞插上，然后翻开躺椅，开始打瞌睡。他还带了一罐子啤酒来，带着冰桶和鱼竿。

我则漫无目的地在礁石上晃悠，想寻找更多我这么远到这里的收获。说实话，目前来说我得到的进展是巨大的，但这不是我预想的收获。

最终我筋疲力尽地坐到他身边的时候，心里终于认定了，这里除了这具尸体，什么都没有。渔船没有办法在这里停靠太久，明天一早，他们就要离开。我还要在海上熬几天，他们会在马来的一个港口把我放下来，我拿船员证坐飞机回去。

他睡醒了一觉，已经钓了几条鱼上来。近海的鱼的味道和远洋鱼不一样，他厨艺很好，今晚估计是要加菜。虽然倒计时一直在持续，但新的线索暂时转移了我的注意力。我喝着带着鱼腥味的冰镇啤酒，问他：

“你航海那么长时间，知不知道2006年，这里的海上有没有发生过什么特别的事情？”

苏启航摇头：“在海上过日子都数不清楚，哪还会记得那么多。”

“就我自己而言，我觉得航海这种生活，如果不是有特殊的原因，我一周都坚持不下来，你为什么那么喜欢航海？”我没话找话。

“这里人少啊，我不喜欢人。”苏启航看着大海，眼神里多了点东西，不可捉摸。“你们写小说的应该能理解。”

确实，我也是因为不喜欢和人打交道，才干这一行的。我问他，他接下来想怎么弄。他是肯定不会和我上岸的，他告诉我，他会在船上待到这一次航渔结束，然后自己再作打算。医院他是不准备再回去了。

聊到这儿我忽然灵机一动，问他道：“如果你未来要病了你会想病死在海上吗？”

他看了看那具尸体的方向，知道我想问什么，就说道：“想，但我不会带着抗癌药来。如果我是来赴死的，在海上，还是应该死得快一点儿，如果要熬着等死，那我还是会选择待在医院里。”

我若有所思，觉得他说得很有道理。沈国鲤带着那么多药来，他并不是来赴死的。我挠了挠头发，觉得心烦意乱，看了看四周，这里几百千米内都没有人，他到底是来做什么的？这里到底有什么？

带着这种焦虑我又在岛上找了一圈，太阳就下来了。海上的落日无比壮美，红光染红了几乎半片天空，我知道大势已去，便去拿了半截尸体的指骨做样本，坐救生艇回去了。路上正是太阳一半进海里的时候，霞光竟然是粉色，我都看得痴了。而另一边我们的渔船被洋流冲远了一些，竟然有一种要抛下我们离开的假象，虽然知道这不可能，但我还是心生恐惧。

回到船上，藤壶的诗集已经都传真过来了。苏启航开始做饭，看我认真的样子，所有人虽然好奇，但也没有打扰我。我回到自己的房间，就开始仔细地阅读这些诗歌。

在我意料之外的是，这本诗集中，全篇只有一首和大海有关的诗。

我在这里可以摘录一些，这首诗是这么写的：

“当大雨降临之前你离开你的旅馆，
那是你的大船，
你的旅途是悲哀的远航，
因为你离开了你的故乡。
水手为了赴约而心伤，
你以为大海是你的家乡，
巨大的黑影蹲在码头旁，
我想起海港，
不是你走时候的模样。
如果你的未来必将到来，
你何必此时惊慌，
无论大航程多么漫长，
终将看到指引你回航的灯光。”

说实话，藤壶的才华有限，仅仅是当时那个时代给予文艺爱好者的一种优待让这些诗歌能够刊登出来。真正的诗歌要达到的是那种欲达未达的状态，这还远不是那回事。

但这也不是普通老百姓能够传颂的那种文体诗，沈国鲤是怎么喜欢上这种诗的？难道是当时的机缘巧合，没有任何的理由？

从我调查到的情况看，他把藤壶当作知音，一直在感谢她。

如果沈国鲤是一个非常感性的人，我觉得他可能会因为癌症的痛苦而崩溃，然后因为偶然看到一本诗集，就用来做寄托。但沈国鲤是一个非常理性的人，他不会出现这种情感丰富的习性。

啊，为什么？

冥冥中，有很多的线头，一直在我心头萦绕，我觉得我马上就要知道是怎么回事了。但还是差一点儿，差一个线头，就能够看到具体的逻辑线了，但就是想不出来。

苏启航把菜给我端了进来，还给我泡了一杯咖啡。他对这件事情毫无兴趣，但我觉得他理解我的痛苦。

在接下来的旅程里，我通读了藤壶的诗歌。越读，我就越明白这东西就应该卖不出去。大概十一万字的文字里，我几乎什么都没有读出来。

苏启航帮我打听了2006年曾经出海来过这里的渔船。因为沈国鲤要到这个岛上，显然得按照我一样的方法，那就一定会留下痕迹。可是在几个大船公司里，都没有找到沈国鲤的名字，他不是以合法身份上船的，有可能是被人藏在船上带出去的，类似于偷渡。那问是问不出来的，这在当时属于违规，现在的船长船员要么退休了，要么已经升官了，这种事情会选择烂在肚子里。

我还是相信重赏之下必有勇夫，就让苏启航给了一个邮箱，让知道的人可以匿名发送消息来。我对外说是沈国鲤的亲人，已经找他找很久了，希望有个结果，不要无休止地等下去。并没有回音。世道没有我想的那么善良。

几天后我和所有人告别，下了船。这艘船和苏启航，未来都有新的故事发生，所以这里稍微做了一些介绍，就此别过。而我马不停蹄，去了河北，去找那个不锈钢制品厂。

这个时候，离我梦话中的倒计时结束，只有七天了。

我一个人在石家庄落地之后，到酒店刮掉胡子，给身上溃烂的地方涂上药物。听着录音笔里的倒计时，觉得自己在打一场只有我一个人知道看到感觉到的战争。

七天的倒计时，另一个世界，海边两个少年的承诺，梦话中都是别人的人生经历，以及一个死在南中国海孤岛上的男人。还有一本莫名其妙的诗集，我都可以把里面很多诗歌背出来了。在睡前，我会不停地一首一首回忆，希望如同写作一样，会因为过度阅读而产生灵感。

在倒计时第七天，我早上起来准备去不锈钢制品厂，还在上厕所的时候，我忽然灵光一现，脑子里闪过了一句诗：

“你的旅途是悲哀的远航，
因为你离开了你的故乡。
水手为了赴约而心伤。”

我愣在了当场，心说当时怎么没有想到——赴约，是赴约。

沈国鲤莫名其妙地去了一个地方，并不是准备去寻死，他为什么要去南中国海那么远海的一个孤岛上？没有任何理由。

除非，他是和另外一个人约在那儿的。

第四十八章
厂长

我心潮澎湃，这些进展都让人对于了解整个事情的真相，增加了不少信心。但是谁约人，会约到南中国海的外海孤岛呢？对于普通人来说，这可能比沈国鲤为什么一个人出海更加让人费解，但对于小说家来说，这是有可能解释的。如果沈国鲤的不锈钢制品厂其实是军工企业，掌握着某些国家的技术，那么有当年的外国情报机构允诺治愈他的癌症，让他带着机密去外海孤岛上等待潜艇的接驳，这部分的故事情节就十分合理了。

那么他死在那个岛上，很有可能是外国情报机构得到了技术之后，没有履行诺言，而是把他丢下或者杀死了。尸体已经白骨化，我已经无法判断死因。所以具体是如何的，不可能还原。

而且，我还不知道，我梦话的倒计时和这些事情到底是什么关系，但沈国鲤的经历，如此地有逻辑，让我对梦话和倒计时有了一种：我也一定能找到合理解释的信心。

从沈国鲤，到我、南生、王海生经历的一系列事情，梦话和倒计时，这些中间还有无数我们没有查清楚的部分。我内心激动，那一刻觉得，接下来的时间内，我可以一查到底，知道所有的一切。

当然，也许只是我觉得而已。

在藤壶的诗歌中，有海中的黑影，赴约的描述，也许是因为这些词句让他有了灵感，所以他才会那么感谢藤壶并且把她当成是倾诉对象。

我下到酒店大堂就把指骨寄给了大学同学，她老公是大学里鉴定实验室的，我让他帮忙鉴定。之后赶往沈国鲤的不锈钢制品厂。我需要更多的佐证，来证明我的猜测，以及，我开始怀疑，那些钢罐，就是沈国鲤装着国家机密的容器，应该在那个厂里，会有蛛丝马迹。

这个厂也是小林托关系帮我安排参观的。找了当时厂里的一个老门房带我们，因为老厂房已经荒废了很久，地是属于开发区的，按道理应该早就被卖掉了，但因为这个厂有太多的养老保险，巅峰时期厂里有六千名工人，这些工人的关系都挂在里面当时没有处理，所以没有开发商敢接这块地，因此厂子仍旧还在原地。

整个老厂只有靠近马路的一些厂房租给了附近的民营工厂，里面大概有百分之八十的区域，完全荒废。我到的时候，小林也被当地开发区的一个秘书长送了过来，身上全是酒气，应该是昨晚喝酒应酬，没有洗澡就来了。

“领导们先去哪里？这里面已经没有路了，我拿了镰刀来，可能等下不好走，大家要先定个目的地。”门房问。

小林看了一眼我，他已经在电话里听了我各种新线索，我道：“先去办公楼。”

我要去沈国鲤的办公室看一眼，我太想看看这个传奇人物生活的空间了，写故事能遇到这样的奇人是十分幸运的。门房点头，我们就往里走。我递过去一根烟，就急不可耐地开始问老门房问题。

不出我所料，这个厂以前确实是兵工厂，而且我靠近之后，就意识到，这个厂真不是一般的大。这是一个巨大的厂区，里面有医院、学校、敬老院。这就是真正意义上的国有大厂。

这样大的机构，底层的工人了解厂长本来就是比较偏颇的，门房对于沈国鲤也不是那么了解，只说了一些传言，没有什么新东西，他甚至不知道厂长得了癌症。不过，当时沈国鲤在经济上出过一些问题，据说被他在内部摆平了，这个人还是有一些手腕的。

其他方面，他无儿无女，平日里喜欢看一些美国电影，作风上倒是没有传过任何绯闻。沈国鲤都是住在厂里的，我问当年这个工厂做军工，有什么机密项目没有？门房就说，当时做得最多的军工产品，只是头盔而已。厂里的技术并没有到精密工业的水平。

我觉得门房可能也不会知道最秘密的流水线，只能问到一些边缘的线索，就问他道："你们在关闭之前，主要收入是什么？"

"都是大型机床，只要是不锈钢用品，我们都能造，做进出口。"门房道，我就拿出那些钢罐的照片给他看，"你看看这些东西是不是你们这里造的？"

门房看了摇头，说："我们生产的东西太多了，我们得看产品编号，一般都有钢印打在焊接缝这里，当时每个人都有一个工号，哪个队做的活，什么时候做的，都能从编号上看出来。这种东西，我们随时能做。"

那个钢罐上面全是藤壶，藤壶非常难以洗干净，所以那钢罐的表面其实我没有看到过，不知道上面有没有钢印。这个疏忽让我愣了一下，当时只想着打开，没有想到也许线索是在表面。于是立即致电老卢，让他想办法给我仔细看看。

工厂的大门是常见的铁板门，完全锈成了红色的鳞片状。大门前的区域全是野草，这些野草还不同于一般那种到脚踝的牧地狼尾草或者黑麦草，而是到人胸口的那种类似于木本的植物，我记得学名叫作泥胡菜，长得和罂粟花一样。还有一些混杂在里面的植物茎部有刺，虽然不如刺槐荆棘那么危险，但是脚插入进去还是很不舒服，特别是裤管之下的袜子被枝条划得疼痒难忍，总感觉有虫子在叮咬吸血一般。

不用翻过铁门，因为铁门边上的墙壁已经多处倒塌，这些都是红砖墙，连水泥都没有覆，上面的草长得和地上一样茂盛。我们翻过去之前，不得不先做了除草的工作。这种荒凉的程度，让我内心有一种难言的恐慌。

阳光很好，能看到院子内的废弃建筑几乎被杂草完全掩盖。所有的厂房屋顶全部坍塌成了空架子，空架子的横梁部分还长着少量的杂草，而厂房的内部，和野外几乎一模一样。

“首先是枯叶、鸟粪、风沙把很多土和植物的种子吹到了厂房的房顶上，然后植物开始发芽。草本植物在冬天落叶枯死，第二年又有新的长出来，几年下来草根进入房顶的缝隙破坏了房顶的结构，而房顶的枯叶层越来越厚，把房顶最终压塌了。房顶没了雨水直接灌入厂房内，一切都烂了。”门房缓缓地说道，“里面其实还有不少机器，全部都坏了，也没有人过来拉，其实挺可惜的。”

“烂成这样恐怕够呛，这里的草长得我们都不一定走得进去。”我打完电话，小林就对我道，此时才意识到门房给我们准备镰刀是多么明智的决定。

一路除草，我们从厂房中穿了过去。后面是连续四栋同样的厂房，有一幢已经完全坍塌了。

在厂房的中间立着一些爬满藤蔓的水罐，很像工地里的混凝土罐，用架子架成塔的样子。因为水罐本身储水，所以附近长着整片整片毯子一样的猪秧草，这种植物好像在积水多的地方会疯长。厂房和厂房之间的区域反而更难走，很容易被绊倒。

小林非常郁闷，挥动镰刀拼命砍断这些藤，很快就大汗淋漓。

“这是什么？”他爬上了一团猪秧草的顶部，发现这一团藤蔓里面竟然是固体的。

用镰刀把上面的藤蔓拔掉，露出了一个水泥方井，大概四十寸大小，在顶部有好几层钢网。最上面几层都生锈了，猪秧草长了进去，能看到井口通往地下。

“水井？”他勉为其难地靠过去，来到井边，对着下面喊了一声，发现回音很大。

“这是通风井，因为是军工企业，下面有三防的工程，后来就改成车库了。”门房说道。

“我就知道我不该来凑这个热闹。”小林汗一出，酒都醒了，说道，“这可遭殃了，这儿全是杂草，入口怎么找，而且我特别怕黑，咱们不用下到地下吧？”

这就对了，我心说，这厂里一定有非常机密的流水线。这绝对不是普通的工厂。

我清理了通风井根部的藤草，发现这井确实是从泥层下面挖上来的。这里首先应该是一片水泥地，然后植物不停地腐蚀，落叶覆盖，缓缓形成现在的情况。说起来这里虽然草木茂盛，但是荒废成这样也确实有些

夸张。小林已经小心翼翼地跳过了这片区域，来到了下一个厂房边缘有地方落脚的地方，在那里整理自己的皮鞋，拍身上的草碎子。

这里已经可以看到工厂区的另一端，我没有看到办公楼一样的建筑，正在疑惑。

“看那儿。”小林叫道。

我顺着他的目光竭力去看，才看到一幢类似于荒废洋楼的建筑，竟然是在这厂房后方的半山腰上，离我们看上去有一里多路。

“这办公区域和厂房可够远的。”

我看了看表，只得继续出发。将小林从地上拉起来，往那洋楼拖去。

这一里地最起码走了一个小时，主要是走过厂房和山体上步道之间的荒草地，极为难走。走到步道上之后，意外发现步道修得非常好，虽然上面覆盖了极厚的枯叶，但是只要落脚小心，能明显地感觉到下面的岩石没有任何松动。

别看这厂房偏远而且不大，这些基础设置修得真扎实，不愧是军事工厂，做事情一板一眼。

我们往上来到二层小洋楼的门口。门是铁门，此刻正半开着。这座建筑倒没有太多杂草，可能是因为在山的背阴面的关系，温度都下降了很多，只是被无尽的落叶所覆盖。

“当心。”我说道。刚一碰铁门，瞬间门闩就断裂了，门直接往我身上倒来。

我来不及反应，被铁锈的门直接压成了弓形，身上一路细心保护的衬衫直接拍满了锈渣。

小林捧腹大笑，差点儿没滚下山去。

我把门挪到一边，同时，屋子里面被门的坍塌所联动，大量的东西从房顶上开始往下掉落。我们赶紧都后退一步，唯恐这座建筑整体在我们面前坍塌了。同时一股无法形容的臭味，从门口涌了出来。

这不是本来存在于空气中的，是房顶上的东西坍塌下来之后，才从房子里散发出来的。那是一种化学品腐烂之后的阴臭味。

往里走了几步，就能看到这幢洋楼几乎相当于四层楼的高度，中间是一个大挑空，竟然有点欧式的设计。一个黄铜仿金烛台的大吊灯已经从顶上掉了下来，掉在门厅中央，上面全是绿锈。

在挑空的门厅的正中，立着一个奇怪的东西，应该是一座半身人像，穿着中山装，身上戴着很多徽章。如果在欧洲，这样的雕像应该是青铜的，加上大理石底座起码有四米多高，但是在这里，这个雕像勉强比我们高一点儿，而且看上去像是石膏做的。

雕像的底座是大理石的，上面刻着字。这个人要么是这个工厂文化崇拜的某个伟人，要么就是这个工厂里的某个先进标兵。

小林俯下身子把大理石基座上的霉花扫掉，念道："沈国鲤，一级劳模，第三床机厂厂长，建设标兵。"这位就是传说中的厂长，还给自己立了个像。

不管从何种方面来说，这个人都可以被人称为史上最牛的厂长了，少年班的高才生，自愿当小厂长，做出了无数匪夷所思的行为。

"厂长在厂里就是土皇帝。去县里开会，看到各种贝多芬、林则徐这些半身像在会场里放着，觉得喜欢就给自己弄一个回来放厂子里，当年这里附近的企业都有这个习惯。"门房道，"这在某种程度上也是生命有活力的体现。何况从大学里出来的高才生，当时的天之骄子，有点小自恋不是坏事。"

小林点上一根烟，退后了几步。石膏像已经不成样子了，雕像颧骨高耸，脸上都是霉斑和污垢，看上去有点狰狞。

我第一次和这个人对视，石膏像和孤岛上的那具骷髅重叠在了一起。同时我看到了后面的墙壁上，有非常大的一个厂标，挂在上面。

就是我在宁夏见到的那个癫痫病人画的一角相同的图像。下面有一行口号：“相信未来的自己，不会让现在失望。”

第四十九章
仓库

我们往里走去，所有的房间都荒废了，老办公桌都已经霉烂得垮了。小林走进去，打开抽屉，翻出里面没有带走的文件，想看看有什么线索，结果却发现什么都有，看样子这个工厂的保密级别，没有我们想的那么高。

我们分开两路。因为荒屋经常会被野兽作为栖身之所，所以小林提醒我们提高警惕。我们把两边的走道完全探索了一遍。有价值的东西已经不多了。只是在墙壁上，我们看到了很多工厂的破产通告。

我们驻足观看，发现其中还有通报批评，工厂破产的原因，是因为工厂大量的钢材被制作成了一种钢罐，但并没有发现这些钢罐的订单，这个事情被沈国鲤认定为事故，在他们发现这个事故之前，已经有几十车的钢罐被运走。这是偷窃和诈骗的行为，已经立案侦查。沈国鲤因此被处分，然后停职。

果然是大手笔。我心说。

因为上层楼板全部坍塌了，所以上面放置的所有家具也全部掉进了楼下的房间，而房间里堆积着腐烂的东西，完全无法进入。老式的木桌椅散架堆叠，甚至还有一架钢琴整个儿倒扣在厕所里。

我来到二楼，发现二楼没有什么好探查的。楼板坍塌之后，二楼大部分的东西都掉到一楼去了，唯有厂长室的楼板还好好的。

我们踩着横梁，凌空一跳一跳的，跳到了厂长室门口。进入之后，发现厂长室比其他科室要气派一点儿，能看到霉烂的沙发和一张大写字台，书架有七八个，放满了书。我走过去，看到大部分都是专业书，还有很多关于物理学、海洋、潮汐这些自然科学的书籍。

“非常博学。”小林说道，他翻开了几本，里面全是笔记，说明他真的反复在看这些书。藤壶的诗集也在这里！我翻开关于海的那首诗，上面果然写满了笔记。我揣起这本书，接着打量四周。

在厂长室的墙壁上，有一张很大的航海图，上面都被霉菌丝覆盖了。小林找了本书把霉菌刮掉，我们就看到，在中国附近的海洋上，他也做了很多记号。

“他在挑选坐标指向的礁石。”我心说。

我仿佛看到了当年他在这里的身影。他的沉思，他的谋划。

这个房间里的资料，清得非常干净，我们几乎一份文件都没有找到。小林来到阳台上，鸟瞰整个厂区的时候，发现阳台外有一道楼梯，不仅能下到二楼，还能继续往下。山体上被挖了一个隧道口，楼梯直接通了下去。

“有地下室。”我说道。三个人就往下走去。

楼梯是水泥制作的，地下室的入口有一道铁栅栏，这个入口看上去就像一个口被封闭的水井一样，上面也爬满了水草。我们踹掉铁栅栏，继续往下，进入了地下室。

地下室几乎是全封闭的，能看到墙壁上的通风管道，维持着这里的氧气供应。这些通风管道一定连着刚才我们一路过来被藤蔓遮掩的那些类似于烟囱的东西。

结构相当简单合理。

小林向我使了个眼色，让我往下走去，说实话我认为贸然进入有些武断，这下面的建筑结构不知道是不是坚固，这个工厂废墟离街道很远，如果在这里出事很难求救。

不过都已经查到这里了，实在没有理由因为这种风险而放弃。

打开手电，在通风口感觉了一下气流，发现通风管道仍旧有风在吹动，这里的设计还是体现出了劳动人民的智慧。

楼梯非常长，在地下呈现“Z”字形的排列，明显是通往山下。

“从心理学侧写来说，这厂长还真是变态，不仅把自己的办公楼修在半山腰上，装修成小洋房的样子，还修了一条地下的下山通道，这成本之高，设计之不经济，告诉我们此人自私的程度已经到达了一种境界。”我说道。

“这里本来是防空洞，他只是打通了而已。”小林说道。

越往下走，温度越低，就在我感觉楼梯走不到尽头的时候，我们终于到底了。

下面似乎是一个巨大的地下洞穴走廊，有一百多米宽，挑空非常高，类似于防空洞中通行坦克的运输主干道。我们径直走了进去。说实在的，我比我小说里的人物胆子大多了，干这些事情的我毫无畏惧。一直往前走了三四十米，这时，我发现转动手电，已经照不到这个空间的墙壁，反而照出了其他东西。

那是成千上万的“牡蛎胶囊”，犹如积木一样整齐地堆积在墙壁上，一直到将近六米高的天花板全部堆满，一个垒一个，将整个墙壁覆盖了好几层，顺着走廊一眼望去，这东西根本看不到头。

根本无法判断数量，只能说成千上万，无数个“胶囊”。

这东西单个看上去已经非常可怖，如今看着更是让人头皮发麻，感觉像被堆起来的炸弹一样。

“他们就是在这儿生产这玩意儿的？”小林惊呆了，“这是他们的仓库吗？”

“看这个。”我照到了其中一个“胶囊”的表面，上面有一行钢印：B1-00034。

这么大的标号预留数，这里到底生产了多少个这样的东西？

我用手电照了照漆黑一片的地下走廊深处，就看到一个巨大的黑影，在更深的地方。

第五十章 神展开

小林戴上手套，在这些“胶囊”上摸了一下，这些“胶囊”应该是安全的。

弄完取出了打火机，打着了火，我问干吗。他说你小说里不是这么写的吗？这个可以探测氧气。

话音未落，四周很多地方忽然出现了各种窸窸窣窣的声音——有老鼠被火光所惊吓。有老鼠证明这儿的空气基本上问题不大。

我们继续往前走，很快来到一个类似于广场的地方，我看到了四五根巨大的柱子支撑着这个空间。

“和地下车库有点像哦。”从这个广场看到通道往四面衍生，钢罐子到处都是，而且堆叠得一丝不苟。

在这个巨大的空间中间的柱子旁，有一个特别巨大的钢罐子，比其他的罐子都要大。

“这里有个爹啊。”小林说道。

我过去，往里看了看。这样巨大的钢罐子，里面还有，和刚才那些小的比起来，真的像两种生物。

“你来解释一下，这又是什么？”

我看着这个钢罐，摇头，这下我真不知道了。

在旁边的柱子上，挂着很多文件夹。我拿起来翻开，都是生产的批号。按批号看，确实有大小两种型号的罐子，小的竟然有几万个，大的也有几十个。我还看到了采购的批号，看样子有一些零件是采购来的，采购来的零件全部都是三极管……这些钢罐子里，还有一些电子元件？

继续往前，我看到了一箱一箱的三极管，在文件上，这些东西被称为“计时组”，不知道是干什么用的。在这个区域，还有很多的运输单据。有很多的东西都是运到海港。应该都是通过这个方式，抛入海中了。

接着，我们来到了整个空间的中心，是一个空旷的区域，我看到一个绝对不应该在这里出现的东西。

那是一艘船。

不是模型，那是一艘真正的船，而且不小。从巨大的船斗能看出这是一艘用来运东西的老船。

“神展开啊。”小林喃喃道。

我没有见过这种制式的船，不知道属于哪一种，感觉上应该是现代水泥船和渔船之间的变种。

难道这是一种变态的装饰吗？

小林围着船转了一圈，掏出一支烟点上后终于把打火机熄灭了——估计是手酸得不行了——说道：“这种船叫作驳船，平底船，主要的作用是将货物从浅水区运到深水区。驳船一个人就可以操作，沈国鲤在这里偷偷存放这些钢罐，他想在这个区域做任何的事情，唯有靠这艘船。”

确实如此，这一个钢罐的重量就不是人可以扛得动的。

“旱地怎么开船？”

“这艘船可以在这里出现，说明这里肯定有过水，现在为何没水了我也不知道。”他指了指靠边排列的那成千上万的罐子，“这里的水位应该是不稳定的，所以罐子必须靠墙排列，否则在水里很容易变成暗礁。而洋楼也必须修在山上，否则地下水会倒灌进来。”

“水在哪儿呢？”我问道。

小林看了看四边的通道，意思是你猜啊。

船舷很高，我撑上去用手电照射船斗内部，里面是空的。我翻了进去，水泥船有些开裂，但是倒不至于腐朽得太厉害，我站在船头看去，船头对着其中一个通道。

虽然不能单纯因为船头的指向就确定那边是船的出口，但是我想总不至于没有任何理由地乱猜其他方向。

船的后舱是一个很小的空间，这种船舱室只是让人偶尔休息使用的，我们进去后，发现里面是个烂铺盖。然后，我们在里面发现了大量的铜牌和一个钢印机器。

就是用这个机器在这些铜牌上刻下坐标数字，所有的铜牌都挂在舱壁上，好像一个年代很久远的钥匙铺一样。

“这一排大概就几百片铜牌，上面的数字全部都是一样的。这个人将其散布在海里。”

“海洋那么大，就算再多的罐子，也无法保证能被找到。”

“你在花头礁找到的那个‘胶囊’和里面的铜片，和这里的一模一样，应该就是这里生产的。”小林说道，“但花头礁下的胶囊，已经被藤壶海锈覆盖了……”

“花头礁下的都是小罐子,是不是礁石更深的地方,有那种大罐子?我们没发现?”我指了指文件，上面有记载。

让人失望，接下来我们的寻找毫无收获。往前走到了空间的尽头，几个人在里面又找了好几圈，没有任何让人惊喜的线索。

我们又回到巨大的钢罐边上，我看着这个钢罐爹，心里有一丝异样。这个钢罐非常大，但铆钉非常密集，而且密封性做了三层，这个东西似乎非常考验密封性。

“怎么了？”小林问我。

“这里有一个凹槽，是放电子元件的，那些三极管就是用在这里。”我说道，我有一种预感，这个东西很重要。

我这是废话，但在罐子爹边上待了三个小时，仔细研究，却没有任何更多的收获了。这东西虽然很大，但还是一个结构简单的东西。我觉得关键应该是，这东西里面，会装什么。

回去的路上，我们都没有说话，我抽着烟，虽然没有什么大的收获，但我觉得很多疑问得到了证明。我脑子里出现了一个词语——当代奇人。

第五十一章
当代奇人

在小说里，有一种写法，叫作当代奇人。描写的时候，一般是这么操作的——在非常真实的现实主义写法中，写一个行为格格不入的人。这个沈国鲤，就是当代奇人。从我们在地下室找到的批号来看，他起码持续瞒报材料，偷偷生产了几万个钢罐子，导致了这个工厂的破产。

所有的一切都是在他得了癌症之后发生的，他从藤壶的诗集里得到启发，做了这一切，这从他在诗集上的笔记能够得到验证。

那些罐子里，装满了指向南中国海一个孤岛的坐标，现在全部下落不明了。我们在地下室看到的只是一小部分，起码还有四倍数量的罐子，已经被运走，我们在地下室他的办公区域发现了大量的地理、海洋气候方面的资料。而他自己的尸体，被发现在那个孤岛的礁石上，已经死亡很久，和礁石融为一体。

回到酒店已经接近凌晨，我和小林两个人各自坐在标间的床上，我看着笔记本，把里面的信息看了一遍又一遍。

离倒计时只有三天了，所幸我取得了重大的进展，只差将这些信息全部连起来。

“这会不会是一个大型的行为艺术？”小林问我，“他只是让自己的死亡变得有仪式感。”

“从他的笔记里能看出，他不是在作秀，是在认真地自救。这个哥们是一个极端理性的理科厂男，他深深地相信自己的办法是有效的。”我说道，“既不是封建迷信，也不是偏执妄想。”

“但他还是死了啊。”

“自救也可能会失败的。做任何事情都有概率，也许他想的办法没有起作用，但不代表，他做的这一切都没有意义。”我说道。

小林也点头：“那你可能永远也无法知道事情的真相了。”

“为什么？”

“因为凡事都有失败的概率，你调查也有可能会失败。”

我看向他，他揶揄地回看我，我心中苦笑，他说的是对的。小说里主人公总会知道真相，但现实中的未解之谜，有些不会得到解答。

“你继续研究，然后保持心理健康。别倒计时的时间结束了你和南生一样自杀了，然后我开始说梦话。记住啊，要是发生这样的事情，千万别找老子，老子肯定不理你。”小林站起来，给我泡上茶放在我边上，然后拿上香烟往外走去。

他似乎不想吵我，此时我有一些感激他。

大学一堆朋友里，我是属于活跃的、对事情比较沉迷的那一类人，小林是那种理性、临走会给教室关灯的人。他在读书的时候打热水、抄笔记、整理考试信息，学得分外认真。这种人一般是不愿意和我这种白嫖党做朋友的，但小林对我不错。如今他在我身边，我感到一种心安。

房间里只剩下我一个人，我开始有些害怕。努力镇定心神，我开始看自己的笔记本。坐到写字台前，打开电脑，里面全是我的录音文件，点开播放，同时把今天一路拍的所有照片做成屏保，在屏幕上滚动，然后我把笔记本的每一页都撕了下来，贴在写字台前的墙上。

信息饱和式思考，是一种有效的得到灵感的方法。

昏黄的台灯下，我听着，看着，开始寻找我疏漏了什么。大概发呆了一个多小时，我忽然在录音里听到了一句话，这句话我之前听到过，但是没有在意。

只是现在听起来，这句话就非常刺耳了。

录音显示时间在倒计时开始的那天，除了倒计时之外，南生还说了一句话："他们接错人了。"

我坐了起来，联想起之前的推论——沈国鲤是想带着国家机密，去海岛和国外的潜艇会合（虽然我们在工厂里没有发现国防机密的信息，但这个可能性我现在仍旧觉得是非常大的）。

接错人了。

如果是这样的话，难道，沈国鲤去海上确实是在等什么人接他，但没有被接到？不对，不是没有接到，语句中有非常清晰的"接错人"了的描述。

是接错了。

那么，那个错的人是谁？

我想了想，一下从座椅上跳了起来。难道是王海生？

在花头礁的王海生，被原本要接沈国鲤的人接走了。所以沈国鲤被人遗漏，死在了礁石上。

第五十二章
诗集

我站起来开始踱步，脑子一会儿清醒，一会儿模糊，没错，事情的真相应该就是这样的。

我将所有的信息拼凑起来了。但是，但是，但是，沈国鲤到底在海岛上等谁？真的是外国的情报势力吗？难道这些钢罐子里，就是国家的机密？他把这些罐子都送给了外国的情报机关，换取治疗资源？

我想到了在地下室看到的那只大罐子。除了那些胶囊一样的钢罐，沈国鲤还做了一些比“胶囊”钢锄体积大上很多倍的钢罐。从标号来看，小罐子起码有三四万个，大罐子也有几百个。这些罐子是不是都沉入海里了——如果是机密的话，一个罐子就够了，不需要给那么多吧，难道是资源？这些罐子里装着什么国外没有的资源？

不对，从现场证据来看，那些钢罐里装的可能都是坐标牌，至少有一大部分是。这些坐标牌只有一个作用，就是指向了他死的所在的岛屿的坐标。

难道是漂流瓶？他把自己的坐标藏进去，漂在海上，希望有外国势力可以发现这个罐子？不会啊，这东西根本浮不起来，而且和国外交流不是可以通过电报吗？为什么要用漂流瓶这种随机沟通的方式？

怎么想，这些钢罐子的用途都没有任何的头绪。而且，这一切，为何又和花头礁上的王海生发生了联系？我刚才的灵感一闪而逝，觉得刚才推测出来的结果，并不是真相。我还是一无所知。

这个假说，没有办法解释罐子的事情，包括海流云当时的发疯，有太多的细节没有办法自洽了。

我再次陷入了沉思。

又发了一会儿呆。我忽然看到了那本诗集，我把诗集拿起来，翻到那首他做了无数注释的诗的页面。就在这个时候，电脑自动播放照片屏保，播放出了沈国鲤的雕像的那张照片。

那张照片里，雕像后面的墙壁上有一个口号：相信未来的自己，不会让现在失望。

我又看了看诗歌，诗歌是这么写的：

“当大雨降临之前你离开你的旅馆，
那是你的大船，
你的旅途是悲哀的远航，
因为你离开了你的故乡。
水手为了赴约而心伤，
你以为大海是你的家乡，
巨大的黑影蹲在码头旁，

我想起海港，

不是你走时候的模样。

如果你的未来必将到来，

你何必此时惊慌，

无论大航程多么漫长，

终将看到指引你回航的灯光。”

如果你的未来必将到来？

我摸着下巴，脑子里有闪电划过，未来？这是一个相信未来的人？未来，未来，未来……必将到来，相信未来。

电脑自动播放屏保，播到了下一张，是那些“胶囊”的照片。奇了怪了，为什么，我会经常把这些钢罐子叫作“胶囊”？

那些三极管，是做什么用的？在仓库里，有很多很多的三极管和惰性气体的储气罐。这些东西是用来做什么的？

时间，三极管？我那些可怜的工科知识让我想起了遥远课堂上的一段回忆。三极管是非常耐用的一种半永久性元件，只要电压稳定就可以一直使用。惰性气体可以在密封环境里，防止三极管氧化。

一切都是为了足够时间的保存。

我明白了，线索在我大脑拼接的一刹那，我从椅子上直接摔了下来。脸色苍白，几乎不能呼吸。

小林正好从外面回来，被我吓了一跳，我爬起来，跑到他的面前。

第五十三章
时间胶囊

小林莫名其妙地看着我，把给我买的夜宵放到一边。我抓住他的双手，结巴道：“时间！时间！时间！”

“时间怎么了？你是不是觉得你倒计时快结束了？倒计时结束没事的。”小林说道，“说不定，结束了你就不说梦话，这事就过去了。”

“不是倒计时，是时间，时间胶囊！”我深吸了几口气，终于冷静下来，拉他到桌子边上，指给他看屏幕上的照片，“这个钢罐子，我们不是一直叫它胶囊吗？我一直奇怪，我们为什么会觉得这东西像个胶囊，其实它就是胶囊，是时间胶囊！我们在潜意识里，找到了最有可能的东西，它早就提示给我们了！”

时间胶囊是一种非常有意思的工具，它是当时那个时代的人，将当时那个时代的代表物件，或者是信件，或者是礼物，放入到一个坚固的容器中，埋入地下，以待几十年后后人取出，以这样的方式将信息传递给未来。

2015 年 8 月，有一批英国工人在进行桥梁翻修维护时发现“时间胶囊”，胶囊内有百年前的威士忌。说明这种行为在一百年前就开始了。

“时间胶囊？”小林看着那个钢罐子摇头，完全不知道我在说什么。

我滑动照片，滑到工厂的厂标墙壁那一张，指着下面的口号：“相信未来的自己，不会让现在失望。”

我又滑到了藤壶的那首诗。

“当大雨降临之前你离开你的旅馆，
那是你的大船，
你的旅途是悲哀的远航，
因为你离开了你的故乡。
水手为了赴约而心伤，
你以为大海是你的家乡，
巨大的黑影蹲在码头旁，
我想起海港，
不是你走时候的模样。
如果你的未来必将到来，
你何必此时惊慌，
无论大航程多么漫长，
终将看到指引你回航的灯光。”

沈国鲤的自救计划，这个计划不是用在当代的计划，这个计划，是一个指向未来的计划。沈国鲤在和未来沟通。他希望，让未来来拯救自己。

我对小林说道：“兄弟，我知道这个事情很难相信，我也没有任何证据，但我有一个灵感——我觉得这件事情，南生来找我是找对了，因为只可能是作家有这样的联想能力——这些钢罐，都是时间胶囊，沈国鲤知道当代的技术是无法治愈自己的，他想活下去，所以他向未来求救。”

小林笑了：“等会儿，你冷静，未来就算有技术可以治愈他的疾病，但和他有什么关系呢？那一天来的时候，他早就死了。”

“他赌的不是我们这些普通人可以预见的未来，他赌的是更加遥远的未来。”我说道，顿了顿，一字一句地说，“他赌的是，有时间旅行技术的未来。”

小林沉默了，他看着我，露出了尴尬的表情。我等待他的反应，等了半天，他却把夜宵打开：“我觉得这个灵感写成小说，能超过你那本又臭又长的处女作。”说着就把筷子递给我。

我捂住脸，我第一本小说写的字数非常多，一直被他诟病，他提这个就是完全不相信。我立即把夜宵按住，对他道：“我说的这个可能性，是沈国鲤自己认定会发生的事情，不是我认定的事情。我也认为这种想法很荒唐，但是沈国鲤是一个理科高才生，他也许认为这件事情是真正可能发生的呢？他这么想是有可能的。”

小林想了想，点了点头，同意了我的判断：“所以，你的意思是，他把自己的坐标放进胶囊里，然后让未来的人在未来打开那个胶囊，看到里面的坐标，之后想办法通过时间旅行来救他？”

我点头。

小林继续说：“于是他去了那个海岛，是去等未来的人？他们约在了那儿？”

我继续点头，小林说道：“但是里面只有一个坐标啊，没有任何的邀请、请求、情况说明，连个日期都没有，未来的人看到了，会觉得莫名其妙吧？”

日期，日期并不是没有，我想到了那个在坐标后面，我们以为是高度或者深度的数字。那个在海岛上已经被证实了是一个废信息，但现在想来，我们还是不够有想象力。

我掏出了在精神病医院拿到的那块胶囊中的铜牌，放到他的面前，指着第三个数字：“你信不信，这可能是一个时间的刻度。这个奇怪的数字，一定代表着时间。”

“我当然不信。”

“我听说过，在很多时间旅行中，时间的计量在科学领域是没有办法通过钟表来进行的，科学家有特殊的计量时间的方式。举个例子，如果我们知道我们要回去的时间点，是在公元前3世纪第一年的第一个月的第一天下午三点二十秒，这个时间坐标如果是当时的人给我们的，让我们回到这一个点，我们进行时空旅行，所到的点，一定不会是这一刻，因为当时的计量设备，和未来的计量设备，记录的时间流根本不是一个东西。

“误差太大。

“这个数字也许是一种特殊的时间流计量方法，可以精确定位历史上的一个时间。比如说，人类可以完美地算出在固定位置看到的，未来一千年，每一天的星空图，也可以算出过去一千年每一天的星空图，那么星空图就可以精确地标识出单独的某一天。这个数字也许是一种类似的日期表达。”

小林越听越糊涂，他翻动铜牌，“就算你说得有道理，那一个坐标一个时间，也说明不了什么事情，未来的人看到了又能怎么样？”

铜牌上确实没有其他信息，如果这一切是一个邀约的话，肯定会有直接的邀约信息。

我挠了挠头，刚才太激动了，很多逻辑没理顺。

小林吃了一口炒花生，说道："此外，未来的人都是慈善家吗？为什么一定要救他？怎么样他都是历史人物了，那是不是埃及法老也要救一下，人家金字塔里还带着报酬。"

我仔细地看着这块铜牌，对方是个学理科的，理科要求逻辑的连贯，这块铜牌上必然有更多的信息，但是现在为什么没有发现呢？

之前从来没有认真对铜牌的结构仔细研究过，如今带着疑问看，这仍旧是一块普通的铜牌，确实没有更多的信息了。但是我不信邪，我喝了一口咖啡，对小林说："一定有信息，你先睡觉，我在这里琢磨，明天天亮前，我肯定能发现。我离真相已经非常非常近了。"

小林看着我的眼睛，发现我是认真的。他绝望地放下了筷子，把铜牌拿了过去。他把铜牌放到台灯光下，"我被你的执着感动了，读书的时候你不靠谱，就是这股劲让我觉得你是个可以交的朋友。我家里有亲戚做锻压件厂的，我帮你看看吧。"

说着就转动铜牌，"你看，这是一个整块，上面都拉丝抛光了，除了坐标数字，什么都没有。结束，睡觉。"

我还以为他真的想帮我，非常期待他的解读，结果却被他气得半死。

就在这个时候，我发现铜牌侧面的纹理，有一些让人感觉异样。我立即拉住他，让他看铜牌的侧面。小林一看，也愣了一下，他还是有点知识的，说道："这块铜牌不是一次铸出来的。"

"什么意思？"

"这是把很多块铜片，烧红了之后，用液压机压成一块的。"

我脑子里立即闪过所有的逻辑，对小林说道：“我明白了。”

“所以？”小林白眼看着我。

“这样的铜片氧化的时候，会一层一层地氧化，如果我猜得没错，信息在里面的那几层，需要非常久的时间，外面的铜片氧化到一定程度，才会显现出来。”

小林沉默了一会儿，我知道他没听懂，补充道：“就是这块铜板有很多层，更多的信息，在里面的那几层。沈国鲤做了那么多时间胶囊，一定有很多会提前被人发现，他不想让这件事情提前曝光，他希望这个胶囊的信息可以准确地到达他想传到的那个时代，才显示出来。所以，关键信息他隐藏了起来。”

“那为什么时间和坐标就可以露出来。”

我想了想，浑身涌起一股寒意：“很简单，这些坐标是可以暴露的，但铜片里面藏的信息，可能含有什么秘密，不能曝光。”

我不知铜氧化到文字出现要多久，但写过古玩方面的小说，知道铜的氧化非常缓慢，沈国鲤想要何时让这些文字出现，一定经过了详细的计算，我们如果能弄清楚，也许能知道，他希望他的信息要传达到多少年之后。

小林看我认真的样子，叹了口气，看了看手表，我问怎么了？

他道：“我觉得今晚你不弄开这块铜片你是不会死心的，你不死心呢，我也睡不了。我刚才买夜宵的时候看到那边有一个修车铺子，里面有电切工具，走吧，你是错是对不要紧，我小林晚上不能睡不好，咱们弄开它看看。”

第五十四章
威胁未来

当时已经将近十一点，我和小林带着铜牌到了楼下的修车铺子。铺子已经准备打烊了，我们说明来意，修车铺子的人看着铜板，说这还不是纯铜，这是合金。他觉得我说的东西就像在寻开心，但我给了他比较好的报酬，他终于决定帮忙，但不是用气割，是用东西去磨。

上面的数字刻穿了铜牌，我此时才明白用意，这样数字无论怎么氧化，都不会消失，除非铜牌本身完全损毁。里面的信息，真的存在吗？我有些忐忑了。

修车铺子的人用了两个小时，一层一层地打磨铜牌。这期间每深入一层，我就怀疑自己搞错了一次。我发现我内心其实也不相信自己的鬼扯，是那种灵感通畅的快感，让这一切都显得那么合理，但事实上，是不是这一切都是我的异想天开？

修车铺子是露天的，空气冰凉，我也逐渐冷静了下来，觉得自己有点儿荒唐。于是和小林尴尬地相视而笑，想找个台阶下。就在这个时候，修车师傅停了下来，抬头看向我们。

“好像是有东西。”他说道。

我走过去，他用一个气嘴吹掉磨掉的铜粉，我就看到，在铜牌的里面，出现了文字，而且一眼看去，就不是一种文字，起码有三种文字。

小林沉默了，表情有些五味杂陈，他也过来蹲下，对师傅说：“能不能弄清楚点。”

师傅继续处理，很快，一块处理得非常光滑的铜面上，浮现出了密密麻麻的文字。我们都不说话，我本以为自己猜对了之后，会有所激动和成就感，如今却非常平静，注意力全在文字的内容上。

此时我已经到了整个故事的转折点，在这一刻之前，我是绝对无法想象出，铜牌上面写了什么。

铜牌上用三种文字写着如下的信息：

“如果我没有猜错，能看到这段文字的，应该是五千年后的人类。我在这里向您问候。未来的人类，您现在看到的文字，是一位20世纪的人类发出的威胁警示。我是一位癌症病人，在我的时代我无法治愈这种疾病，我不想如此轻易地放弃我的生命，所以已经在20世纪的海洋里，深埋了两百三十罐神经毒素，它们全部都隐藏在海底，你们无法寻找，只有通过我设计的标记方式，你们才能找到。从你们看到这块铜牌的十年内，请你们到我留下的坐标和时间流处，用你们的时间穿越技术，将我接到未来治愈。我将亲自帮你们解除神经毒素的威胁，否则，这些神经毒素一旦释放，将会造成严重的海洋污染，威胁上亿人的生命。为了证明我说的是真的，在你们所处现在的后十年内——抱歉我觉得我的定时器械不会太精确——会有一颗毒罐释放毒素，你们需要注意大范围的海洋生物死亡。我已绝望将死，如此试上一试，没有太多损失，如果你们尚未有时空技术，则抱歉带来的一切灾难。静候佳音。”

我和小林坐在修车摊前，半天没缓过神来。

我抽了十几根香烟，内心务必要放松一下，又有些百味杂陈，说实话，我没有想到真相是这样的。

这个沈国鲤的自救方法，竟然是威胁未来的人，穿越时空来救自己——文字里写得很清楚。这简直是世界上最荒谬的妄想，但我也不得不佩服他的想象力和执行力。他做了那么多事情，就为了这种奇怪的科幻小说桥段。

我看着小林，此时我还压根没有把自己身上发生的事情，和沈国鲤结合起来想，我甚至有一种事情尘埃落定的错觉。这个时候，我在整段精力中，第一次看到小林的脸色极其惨白。

和之前那种游离于事件之外不同，小林的脸色忽然间充满了恐惧，他看着我，竟然有些发抖。

“怎么了？”我问他。

“你不害怕吗？”

“害怕什么？”

“梦话的事情，倒计时的事情，还有你说的，接错了人的事情。你都忘记了吗？”

“这又怎么样？”

“都连起来了啊。”

“怎么连起来了？”我脑子完全转不动。

“那个沈国鲤，有没有一丝可能，他成功了。”小林脸色苍白地看着我，“你身上发生的一切——你说的，似乎有什么力量，在另外一个世界，焦急地在和你联系，你忘记了吗？”

第五十五章 悖论

他的话音刚落，我的冷汗就下来了。事情发生得太久，太多的事情我记忆模糊，如今全部都连接了起来。

沈国鲤做的事情，无异于疯狂，简直就是异想天开。如果不是最开始发生的梦话现象的话，我一定认为，这件事情是个脑洞，只会以他孤独地在海洋上死亡为结束。不会有其他可能性。

但如今我不得不思考——梦话现象——海流云他们的疯狂——宁夏的天线事件——王海生的消失——这些事情之间的联系。

我想了想，已经确定了，整件事情背后肯定有更大的隐情，至于是不是沈国鲤的计划真的成功了，我不敢往那个方向去想。但，一定还有其他事情发生了。

但我想不动了，我努力想思考，脑子已经完全不转了。反而一种巨大的疲惫感袭来，我想立即倒头就睡。

我拍了拍小林，准备回房间休息。

今天已经够疯狂了，我要吃安眠药好好睡一晚上。有了今天的突破，我心里非常有自信，明天，我可以拨开所有谜团，查出所有的真相。

小林纹丝不动，脸色仍旧非常苍白。我愣了一下，觉得奇怪，他一向不是很在乎我的这些奇思妙想，为什么这一次会有这样的表现？

我有些意外，同时也有了一些恐慌。刚想再说话，小林一下抓住了我的手，对我道："没有时间了你。"

"什么没有时间了？"我看着他的表情，真的被吓到了。他直勾勾地看着我，"倒计时，还有三天，三天后的晚上，倒计时就归零了。"

"你不是说未必会发生可怕的事情吗？"说着，我忽然愣了一下，也是浑身的冷汗，"等一下。"

"你也想到了？"

"会不会，这个倒计时，是未来的人类来接人的倒计时，因为他们接错了王海生，为了弥补错误，他们想重新再接一次，但是这次还是错了，变成接我了。"

完了，还有三天，在哪里接我，还是那个海岛吗？我回不去了。

我浑身的鸡皮疙瘩掉了一地。我拉起小林就走，得立即找苏启航，重新出海，否则我可能要错失看到未来和现在连接的千载难逢的机会。

小林立即摇头："你太单纯了。你仔细想想，他们接到了王海生，王海生下落不明；接着，南生，那个上海人，自杀了；海流云，疯了；那个宁夏的天线宝宝，疯了；沈国鲤，死了……且不论我们如何思考这件事情背后的可能性，有一点是绝对可以确认的，所有参与这件事情的人，全都不得善终。"

小林说完我就呆住了，讲话都发抖了："到底什么意思？"

“你总是觉得，有另外一个世界的什么力量，在不停地想和你沟通。我刚才想了一下你说的那些过往，有没有可能根本就不是那么一回事情。那个另外一个世界的力量，根本不是想和你，和南生，和那个宁夏的天线宝宝沟通。它就是想通过某种方式，直接杀掉你们。”

我回味了一下，想到了南生梦游的那一段情况，他的指甲，不停地划着窗户，难道不是因为焦躁，而是因为，控制他的人，想打开窗户，跳下去？

“你是不是太负面了一点？”

“结果你没有看到吗？我是公务员，统计我还是会的，有谁现在是有善终的！”

“可为什么呢？未来的人，要杀掉我们。”

倒计时结束，就要杀掉我吗？我觉得不合理，要杀我随时可以杀我，为什么要倒计时？

“换位思考，换位思考一下，如果你在未来，你会怎么思考问题。”小林揉了揉脸，显然想让自己冷静下来。“如果你有穿梭时空的能力，事情就会变得非常简单，只要派人回到这个时代，把问题解决就好了。现在的情况，显然不是这样，说明，在被威胁的那个时代，并没有成熟的时空穿梭技术。”

“但我们仍旧会说梦话，仍旧会被一种奇怪的力量影响，说明虽然没有成熟的技术，但是他们有将信息传递回来，影响人脑的技术。”我说道。

“他们之所以要和过去沟通，影响过去的人脑，说明沈国鲤的设计，确实对未来产生了影响，他们要处理掉这个影响。”

“那他们为什么，不通过技术，杀死沈国鲤呢？”

“你要我说原因吗？其实很简单。”

我看着小林，我忽然意识到，他脑子里已经有了完整的逻辑推断，在抽丝剥茧、整理信息、链接信息上，他可能没有我那么有耐心和想象力，但逻辑推断他绝对比我厉害。

“你说吧，大哥，都什么时候了。”

“只有一个可能性。如果，未来的人，希望通过和你们联系，去解决沈国鲤的事件，那么最好的时间点，肯定是沈国鲤部署完一切之前，就像终结者一样，在他完成计划之前，把他杀死，但是现在发生的所有事情，都在沈国鲤部署完之后，这非常不合理。而且，在所有的事情里，被影响的人都不得善终，这说明什么？”

他的脸色达到了惨白的极限，毫无血色，似乎要心梗了。“未来的人不仅不想解决这件事情，还在铲除所有可能解决这件事情的人，他们要确保，沈国鲤埋下的灾难，在未来一定会发生。”

冷风袭来，让人毛骨悚然。

“为什么？”

“你问我，我去问谁？”

我沉默了一会儿，提出了疑问：“我觉得不对，如果他们在沈国鲤部署完一切之前就杀掉他，就没有这个计划了，也就没有铜牌会在未来被发现，未来就不会被威胁，他们就不会派人回来，那么沈国鲤就不会被杀，铜牌还是会传到我这里，这就陷入死循环了。所以这是外祖父悖论，未来的人不会杀死沈国鲤。最简单的解决问题的方式，就是通过检索过去的世界信息，找到那些炸弹的位置，在未来处理掉。”

小林陷入了沉思，他有点儿听不明白。想了很久，他叹气。

“我不知道，我这些都是推测，但是如果这是真的，你只有三天时间。”小林递给我一根烟，我都没有过去接，小林继续说道，“唯一的好消息是，三天后，你也许会知道所有一切的真相。”

我尝试着笑出来，因为这一切太荒谬了，但那种毛骨悚然的恐惧，让我笑不出来。

三天之后，倒计时结束，我到底会发生什么呢？

第五十六章
重返

当晚我因为实在过于紧张和疲倦，反而睡得很香。一直睡到第二天早上，浑浑噩噩地起来吃了早饭，喝了咖啡之后，焦虑缓缓平复。我开始继续思考昨天的问题。

这一次，我的思考开始变得毫无结果。不是事情困难，无法假设，是因为，我开始真正在意起那个倒计时来。

我坐在酒店自助餐厅的角落里，一直到下午三点多，我没有移动过半步，一直在发呆。这可能是我人生中，思绪最混乱的六个小时。

在一天中，三点多到四点，是我们体感中下午和晚上的分界线。三点五十分的时候，你还觉得是在下午，你还有整个晚上的时间可以支配，但到了四点整，你就觉得这一天，要进入尾声了，所有的一切都变得急迫起来。

我之所以焦虑和混乱，是因为我觉得我应该做些什么，难道就这样坐着，等到三天后的时间到来吗？

事实上根据理性推测，什么都不发生的概率，仍旧比会发生什么要大很多。而且，就算有事情发生，好事和坏事，也是五五开的概率。但，人都会害怕坏的概率，哪怕只有一点点。你的大脑会把它塑造的概率无限放大。

到了下午四点的时候，我意识到这一天已经过半了，我什么都没有做，焦虑就开始空前强烈起来。

小林这时候才起来，坐到我对面，和我说：“我把整个事都理了一下，咱们要不要对一下，看有什么遗漏。”

我点头，但脑子无法集中到思考问题上，我反而开始思考很多奇怪的问题。

如果我人生只有三天都不到的时间了，我必须要做点什么。比如说，把整件事情记录下来，和父母交代财产，和读者告别。

小林说了几句，看我浑浑噩噩，就对我道：“你又来了，我记得你考试之后，经常这样。”

我考试的时候，如果第一天没有考好，那么后面所有的科目都考不好。只要第一天我觉得很糟糕，继而就会觉得之前所有的努力，都已经白费了，没有用了，而导致后面所有的科目都不行。

我深刻明白自己这个缺点，小林一说，我就惊醒了，我做作家之后，其实用了很多办法来克服这种情绪问题。我深吸了一口气，告诉自己，如果陷入情绪里，那么就算有转机也会失去，活下来的唯一正确选择是全神贯注。

“你说的梦话，是南生在另外一个世界和你说的，”小林说道，“我们都是这么认为的，从字里行间，也可以证明。”

我点头，他继续道："南生说出了那句话——'他们接错人了'，所以南生知道，沈国鲤死了，王海生被接走了。"

我意识到了小林和我聊这些的目的，因为还有很多细节我们没有搞清楚："你是说，疑点是，南生是怎么知道这件事情的？"

"南生只到过花头礁和宁夏，然后就自杀了。这两个地方我们也去过，但我们没有得到这个信息，这个信息在你后来的推断里，有特别重要的意义，如果不能知道其真伪，那你的很多推断都是不能成立的。目前看来，只有你查到了，所以你推测出了正确的核心事件。南生没有理由知道。"

"有两个可能性。"其实我有想过这个细节，"一是，他有其他的调查渠道，我们不知道。二是，是王海生告诉他的。"

"咱们把事情想细一点儿，王海生是怎么知道有人接错他了？如果没有人和他说这件事情，他怎么也不会想到，这是一次接错的事件，对吧？除非，有人和他一沟通，一拍大腿——接错了！王海生才会知道。"小林说道。接下来他的推理，非常严密，但应该很难看懂，看不懂可以直接略过看结论。

"有道理。"我说道。

"那说明王海生和未来的人，是有直接交流的。他被接走了之后，和未来有正常的交流，然后这些结果，都被输送到了南生的脑子里，对吧？"

我点头，有点儿跟不上了，小林继续道："这里出现了一个很大的悖论，你要听好了。"

小林做了一个魔术师的动作："你说过，所有的梦话，都像广播一样，不像是有智慧的人在向你沟通。你觉得，像有人在把记忆，功放给你？"

“你是什么意思？”

“无论是王海生给南生的信息，还是南生给你的信息，都没有提到任何未来的情况，没有提到实际的目的、用意，全部都是一些混乱的记忆。而这些记忆里，既没有让你去做什么的指令，也没有警告，也没有系统的信息，几乎是碎片和混乱的。”

我看了看服务员，她显然没有注意我，但我还是叼起一根烟没点：“是这么回事。”

小林继续道：“这说明啥？说明这些信息要么是被编辑过的，和未来有关的东西，被去掉了，要么，王海生脑子里，就没有未来的东西。”

“你到底是什么意思？”我问小林，我知道他肯定有所设想了。

“我是觉得，如果未来的人可以编辑信息传到你脑子里，干吗不传递一点儿精确的，逻辑清楚的，却传送一团糨糊，但如果未来的人不能编辑，那为什么王海生和南生的信息，都没有任何跟未来有关的信息。”

“两者交叉推断，只有一个可能，王海生并不知道自己到了未来，也完全不知道事情发生的情况和经过。他将脑子里的东西传给南生的时候，就是混乱的。”

“所以，南生并不是从王海生这里知道接错人了。”

“南生是怎么知道的？他还有其他的调查途径。因为南生传递给我的信息里，也没有关于未来的事情。南生死了，尸体在这里。他当时笃定地自杀，而且预言了他会把梦话传递过来。”

“还是一样的道理，交叉推断，南生也没有到达未来，不管是灵魂还是肉体。”

我陷入了沉思，那么，这些信息是从哪里传递来的呢？既然不是来自未来，那么到底王海生和南生遭遇了什么？

“说那么多没用的，估计你也听不懂。但你只要明白，通过以上的推断，我们可以得出一个结论，南生没有查到沈国鲤的事情，所以他不太能有接错人的推断。所以，很大概率，是有人告诉了南生接错人的事情。但整个事件里，相关的人，就这么几个，都在这里了，是谁和他说的呢？”

“你是说，还有一个人，我们不知道的人，他告诉了南生。如果是这样，那么告诉南生让他坚信自杀可以传递梦话的，也许也是这个人。”

是谁呢？这个人了解这件事情，一定了解得比我们都多。

正想着，我的手机忽然响了。我看了一眼，号码有点儿眼熟。是宁夏的那个队长？

我接通了电话，对面的声音很冷静，直接问道：“你还有几天？”

我发现不是宁夏的那个交警队长，是个女人。我仔细分辨了一下，一愣，竟然是藤壶，那个女诗人。

我愣了一下，对方不让我有蒙逼的机会，直接追问：“你还有几天？说吧。”

什么意思？什么几天？是在问我的倒计时还有几天？

“三……三天，不到吧。”我支支吾吾地说道。忽然意识到了什么。

“那你需要做好准备，把事情传递下去了。”藤壶说道，“差不多了。到宁夏来，我给你发了地址。我有事情要告诉你，你会感兴趣的。”

我看了一眼小林，面面相觑，这是无巧不成书吗？然后手机响了，一个定位发了过来。

回宁夏总共花了我十二个小时。我们在车上轮流睡觉，不知道为什么，我睡得很香。藤壶给的地址，就是我们之前去的那个宁夏小镇。我们进了自治区，到小镇又花了四个多小时。

时间流逝，我第一次真切地感觉到，自己的时间不多了。

路上我清醒的时候，一直在思考藤壶怎么会忽然介入进来。我觉得我还是小看女人了，之前和她通电话的时候，完全没有察觉她有什么异样。她怎么会知道我在被倒计时的？

她说："那你需要做好准备，把事情传递下去了。"

感觉这句话，也有人和南生说过，难道真的死期近了？她是不是就是指导南生的那个人？

剩下的时间，我一直看着窗外发呆，觉得这一切都很不真实。

我想到了很多妄想症的电影，事实上我们到现在，并没有发现真正的证据，来证明这背后的故事。我们只是发现了一条证据链条。这条链条很多空白还是靠我的小说家的想象力拼凑出来的。整个过程中，最确定的奇异事件，是我说梦话的事实。

但我不是一个精神病人吗？我入院不就是因为过度创作，导致产生妄想的状态吗？

"我是不是疯了，你一直陪着我疯？"我问小林。

小林嚼着口香糖开车："我是个公务员，唯物主义者，我才不会陪你疯呢，你的遗产又不留给我。"

我们在镇上最好的咖啡馆见的藤壶。咖啡馆的装潢其实做得很用心，但材料有一些欠缺，很多地方都没有用真的植物，用的是塑料的，否则会是一个很好的咖啡馆。

藤壶年纪有些大了。虽然声音听起来没那么苍老，可实际看到她的时候，是一个小老太太。她穿得很普通，甚至有一些不起眼。但是她抽烟，能看到面前的烟灰缸已经有三根烟了。

我和小林走过去，和她握了握手，她的第一句话是："你很成功啊，年纪轻轻的。”

我微笑着糊弄过去，实在没心情寒暄，就问她道：“您怎么也介入到这件事情里来了？”

“先不说这个，你有想好了吗？如果你出事了，你会找谁把信息传递下去吗？你的时间可不多了。”她重复了一遍，显然也不想和我废话。

第五十七章
位置

说实话，我真的不明白这个问题。我知道是什么意思，但我不知道怎么回答。

而且正因为我也知道我的时间不多了，所以我不希望把时间花在摸不着重点的对话里。我直接说道：“我觉得你对我有所误会，你是不是觉得我知道大部分事情，已经准备好了下一步做什么？其实我什么都不打算干，因为我什么都不知道。”

“你查到我的诗集，应该已经知道得差不多了。”藤壶看着我。

“我有一些猜测，但事实上，远没有到我可以下决策的地步。”我直接说道。小林在桌子下掐了我一下，示意我有些冲动。说太多了。

我稳了稳，藤壶有些惊讶：“南生没有告诉你吗？他应该在天上，把事情都告诉你了。”

我和小林交换了一个眼神——南生认识她。

我们推断得没错，我心说。

但是“在天上”是什么意思，这是个宗教故事吗？

“南生应该已经通过那种方式，把所有的事情都告诉你了，以及，如何把信息传递下去。”

我摇头，藤壶露出了非常惊讶的表情，而且脸色有些不好看。

“怎么了？”我问道。藤壶沉默了一会儿，说道：“怎么会这样？他明明——”

“你不如把情况和我们说一遍，我们可以一起商量。”小林说道。

藤壶沉默，表情一下变得有些忧虑，但她定了定神，还是和我说道：“行，反正我也是来和你们说这件事情的——沈国鲤这个人，你们可能比我还了解。我和沈国鲤见过一面，他那天晚上很激动，把他的计划都和我说了。那天他喝了很多酒，我估计他醒来的时候，并不记得他说了那么多。我并不在意，说实话，我觉得那是天方夜谭。后来他就消失了，这对于笔友来说很正常，我也没有想过，他是去了未来还是如何，我只当他癌症去世了。”

说着，藤壶看着我：“整个调查，都是你在牵头吧？”

“南生死了之后，算是我。”我说道。

藤壶看着我，说了以下的信息。都是我没有了解的细节，让我十分震惊。

南生在梦话中，给了我宁夏天线事件的情报。

我没有想到的是，天线的情报，就是藤壶告诉他的。藤壶和我说，如果我特别注意那本诗集的话，就会发现，那个天线的图案（和“胶囊”的触须形状一样），出现在了诗集的封面上方，诗集的封面是一排屋顶，上面就有一个这样的形状。

沈国鲤很喜欢诗集，于是选择了封面上的线条，设计了那些触须。

这足以证明沈国鲤当时是喜欢藤壶的，不管是癫狂还是如何，他有一种狂野的付出和仪式感。

南生从宁夏回来之后，他有了一个推论，他觉得，有什么东西在往他脑子里发射信息。宁夏的孩子接收到了信息，但是信息没有匹配，所以他们都疯了。如果你脑子里每天出现不是你自己经历的画面，你也会疯掉的。

南生认为他说王海生的梦话，也是一样。而那些孩子，和王海生唯一的共同点，就是他们都看到过那种天线的形状。这是一个很重要的启发。

当藤壶告诉了南生沈国鲤的计划的时候，他就恍然大悟了。

他认为未来的世界，有能力将一个念头射入过去的人的大脑，从而干预那个人的大脑，让他产生某种念头，去做一些事情，比如找到神经毒素罐的位置，从而解决未来的危机。

宁夏的那些孩子，有一个人到现在还在画一个毫无意义的河北机械厂的logo。所有人都觉得他可以通天，在画什么巨大的秘密，但事实上，那只是一个毫无意义的图案。这就是未来发射过来的信息吗？南生认为是的，这些logo、图形，都是解决未来危机的基本资料，但传输的过程出了问题，这个人就完全被毁掉了。

“不太可能吧？”小林忍不住说道。但我知道是有可能的，事实证明，没有质量的信息，是可能传递的。

她从包里掏出一份资料，推到我的面前：“我问过一个科学家，他说是有可能做到的。这些资料，你可以有空的时候仔细看看。总之，王海生在花头礁石上接收到了未来发送过来的一个念头。如果你们是未来的人，你们会发什么念头过来？假设，这个念头必须非常简短。”

“如果未来的人认为他是沈国鲤的话，会直接让他把那些神经毒素罐的位置，放入一个胶囊，传递到未来，事情就解决了，然后再植入让他自杀的念头。”

“对，很好。但王海生并不是沈国鲤，所以，王海生就会产生错乱，这个时候，这个念头里的保险机制就产生了。”藤壶说道，“如果你们换位思考过，就会知道未来的人，一定会有一个保险措施，如果一个念头植入失败了，就像邮箱的回执一样，未来的人会收到一个信息，得知他们的行动失败了。接错人了。于是，他们再植入另一个念头。王海生在念头的指引下，偷偷回到了岸上，在一个指定的地方，把自己装进了一个时间胶囊，灌入防腐剂，深埋进了地下。”

自杀了。

“未来的人选的那个地方，肯定是几千年以后人最少的一个区域。于是未来的他们，挖开了那个区域，把王海生的尸体取了出来，提取了他大脑里的信息，想摸清那些危险罐子的位置。然后，他们知道他们接错人了。”

借着王海生大脑里的信息，他们选择了下一个人——就是南生——继续调查这件事情。

整个植入念头的过程很慢。念头由三个部分组成，第一个部分是资料，把王海生知道的情报，植入到接受人的大脑里；第二个部分是，好奇心，接受了信息的人会有巨大的好奇心，去调查这件事情；第三个部分，是回收机制，进行了一段时间的调查之后，这个被植入念头的人，会有自杀的倾向，选择自杀，并且会安排把自己埋起来，藏入一个区域，以待后人打开，检查大脑。

这个过程是不管你是否查到了关键线索，因为未来的人显然不想赌一个人，无论你有没有进展，你到点，都会被“回收”。

信息在植入的时候，大多数是在睡梦当中，会有大量的兴奋反应，所以，人不由自主地说起了梦话。

“南生自杀之后，他的尸体也同样被放进了时间胶囊，送到了未来，是我帮助完成的。和王海生不同的是，他还写了一封信，放在胶囊里，推荐了你作为接班人。”

所以，倒计时结束，我就会自杀，然后想办法，把自己的尸体放入“胶囊”。

“你有没有发现，当你听说这件事之后，当你开始说梦话之后，你就开始狂热地调查这件事情。然后，过了一段时间，你就忽然想自杀，将尸体带到未来。这是一种未来对于过去的取样方式，你那么狂热的好奇心，想调查这件事情，这个念头到底是不是你的呢？”藤壶看着我。

我还有更多的发散思绪。也许，还有这么一个插曲，直接把信息灌入大脑，就会导致人疯狂。他们知道之后，就利用了梦话的方式，温和地让我们自己说梦话，自己录音，来获取资料。

我都听懂了，心里有一些不舒服。将人当成活体信件，我觉得这样非常没有自尊。

“我和南生猜想，从未来向过去植入念头的方式，是没有办法精确定位的。这个念头是广播性质，发送到所有人的大脑里，就像一把钥匙同时开几十亿把脑锁，但是只有王海生的锁被打开了。为什么呢？因为这张天线的形状图，所有看到过类似图形的人，才能匹配，才能打开锁，开始和未来连接，未来就是挑脑子里有这个图形的人下手，因为脑子里有这个图形的人，大概率见过胶囊。没有想到，宁夏小镇上的孩子，也因为这些天线的形状，被误伤了。”

“那些孩子遇袭的时间比王海生早得多啊。”小林道。

藤壶说道：“这种袭击并不是只有一次。”

第五十八章
黄泉领路人

如果要模拟未来的情况的话，事情应该是这样发生的。未来的某一天，世界上发生了一次重大的生化灾难。在检查灾难现场的时候，发现了一块铜牌，上面写着，凶手是一个过去的人，因为得了癌症，希望未来的人可以用时间机器去救他。

救他的方式有两种，一种是把特效药送回到过去，一种是接他去未来。他会在过去的某个时间段，在一个无人小岛上等待。如果他没有获救，他死了，那么时间一到，各地的生化陷阱都会启动，造成大量的死亡。

于是未来的人通过某种技术，向过去发射了一些念头，这些念头会和人脑中有某些特殊记忆的人结合，并且改变这些人的行为。

其中一部分人疯了，一部分人会在一段时间内开始调查神经毒素罐的事情，但不管有没有找到，他在一段时间后都会因为大脑被控制而杀死自己，保存自己大脑里的所有信息，进入时间胶囊，到未来提供情报。

我听到这里，虽然基本上都是猜测，甚至可以说是某种创作，但其逻辑算是自洽了。我问她："你说那么多，你有佐证吗？"

"我们一开始也不信，一直到，我们找到并挖出了王海生的尸体。"藤壶顿了顿，说道。

我后脑的皮一下炸了，有一次小小的窒息。

藤壶继续道："我们又掩埋了，我觉得，我说的就是事实，包括南生笃定地自杀也证明了这一点。"

她看着我。

"再荒谬也是事实。"

其实要验证这件事情也非常简单，就是等我倒计时结束，看我会不会自杀就可以了。算了算时间，今天凌晨的时候，我就会发生一些变化了。

"我们无法阻止你自杀，但你可以选择你的继承者。在这段时间里，你也没有找到那些神经毒素罐的位置，所以，调查必然还要继续下去。"藤壶看着我，"这是一个死亡接力，你看，南生死了之后，推荐了你。在他的记忆里有我，但是未来没有选择我，选择了你，说明他们不认可我。如果你不做推荐的话，有可能，接下来——"藤壶看着小林，"就会随机推荐，到时候可能会轮到你不想被牵扯的人。"

我看了一眼小林，就发现小林非常冷静，看着藤壶，问她道："你不会不把埋南生的位置告诉我们，对吧？把他挖出来不就没事了吗？"

藤壶显然知道他要说什么，笑着摇头："你阻止不了信息到未来，这件事情已经成定论了，我当然不会告诉你。"

"你是站在哪一边的？"小林问她，然后对我道，"她是站在我们对立面的。"

"我是站在命运这一面的。"

“你给我打电话，你的目的是什么？”我看着藤壶，问。

她如果不找我，事情也会进行下去。按她的说法，我完全没有能力阻止这件事情。但她打了电话给我，和我说了这么多，这就有点儿奇怪了。

我说：“如果我是未来的人的话，我就会想到，也许一个人是没有办法把自己掩埋的，所以这样的工作，必然要两个人来完成。所以说，有一个人死，还得有一个人，一直在协助做掩埋尸体、传递信息的工作。这个人要保证，尸体可以传递到未来。”

我看着藤壶：“是你吧？你等着要埋我。你是一个黄泉领路人。”

第五十九章
博弈

藤壶叹了口气，表情忧虑。小林和我目光如炬地盯着她，而她看着我们，却毫无波澜。

我写东西时间久了，很会揣测人心，但是藤壶心里在想什么，我却完全看不出来。

这个人似乎是个幽魂。她的注意力不是很集中，思索了一会儿，和我们说道："反正过了今晚，一切就结束了。我在这里也就不勉强了，我只是希望，你可以选一个社会地位更高的人，作为你的接班人。这样做之后调查的事情，会方便一些。"

她没有肯定也没有否定我的话，指了指一旁的如家酒店："我就住那儿，我会在那儿等你。"

小林站起来拉住了她，边上的人都看过来。

藤壶说道："你们时间不多了，如果闹事，拘留的时间，你们什么都做不了。”

小林只好放手。

“你是什么意思？”

“这是无法改变的事情，大作家。”藤壶拥抱了我一下，“你我都无法拒绝。”

藤壶走了之后，我和小林坐在咖啡桌旁，都不说话。我觉得我猜得没错，藤壶已经被影响了，她就是那个埋骨的人，负责给未来传递信息。我们的大脑只是一封信而已。

“如果你是疯了的话，我觉得这个藤壶疯得更厉害。”

“你相信她吗？”我问小林，小林看了看手表，“我觉得她犯了一个很大的错误。”

“什么错误？”

“如果你不知道这件事情，会怎么样？你今晚熬不住了就会睡着，然后你就会被控制，然后自杀，显然所有的事情都得在睡梦中完成，如果你今晚开始不睡觉呢？”小林看着我，“你不能睡觉了，从现在开始，我们得争取所有的时间，你不仅不能睡，还得找一个地方，能够隔绝传到你脑子里的信息。”

“不能说我没问题，我打包足够多的咖啡，最高纪录，到后天我肯定能扛到，但是到后天的时候我其实已经是睁眼懵的状态了，什么都做不了，也不知道自己是醒着还是睡着，”我道，“哪个地方能隔绝宇宙中辐射过来的信息，防空洞吗？还是套个锅在头上？”

“你的朋友里有没有写科幻小说的？去问一下。”

我想了一下，确实有一个，他是中国写科幻小说写得最好的人。给他打电话过去，对方听完我的描述，对我说：“你做不到防御，如果是量子记忆，他在未观测状态下，可以在任何的地方出现，他根本不需要传递到你脑子里，只要你脑子对他一观测，他就坍塌在你观测的地方。”

“我听不懂。”

“按照你故事的调性，你别睡就对了，其他你就别想了。我用生命保证，你躲在世界上任何一个角落都没用。”对方挂了电话。

我看着小林，小林道：“你人缘那么差，你可千万别推荐我，我还要养我爸妈。”

我捂着脸，觉得非常无力。不知道为什么，我仍旧不相信接下来要发生的。到了这个节骨眼上，所有的细节越来越充分，论据越来越多，但我竟然有一种这是一个阴谋的嗅觉。不知道是因为太过恐惧而开始自我欺骗，还是因为现在发生的事情、讨论的话题有些违反直觉。

我也真的开始思考我要推荐谁这个问题。虽然未来不一定会听我的，但小林帮了我那么多，我没有必要把他拉下水。

苏启航吗？他孑然一身，似乎挺适合的，但这哥们儿精神本身就有问题，万一不小心，彻底疯掉了……

藤壶想要地位更高的人。从王海生到南生，理性思维已经有了进步，而从南生又到了我，其实已经查到了很多东西。再往下调查下去，可能需要有权力的人介入，我要不要就范呢？虽然未来和我没有关系，而且待我们如竹鼠一般，但是否我可以选一个正确的人，让这件事结束，不要再有后来的受害者？

我们住进了镇上另外一间酒店，小林把房间里的利器都收了起来。床看上去很舒服，我其实很困，因为赶路很消耗精力，小林把床全部推起来，靠墙，看都不让我看。

我们买了大概四十杯咖啡，两个人坐在地上。

“如果你睡着了，我就会把你绑起来。”

“如果大脑状态改变了，那我就是另外一个人了，就和海流云他们一样，是另一种情况的不可救药的疯子，”我说，“你就让这件事情过去，我会想办法推荐下一个人，再有一个受害者，这件事情就结束了。”

“那不能够，还远没有到分出胜负的时候呢，”小林说道，“你还记得吗？藤壶最开始非常惊讶，南生没有在梦话里把事情都告诉你。按道理，所有未来的东西，都是未来放到你脑子里的信息，为什么那些东西没有放进来？”

“我不知道。也许，放记忆的是个小姑娘，她是我粉丝，她翻看南生的记忆，爱上我了。”

“我觉得更有可能的是，这些信息损坏了，传达失败了。你想，如果有那些记忆，你也许自己可以完成自杀把自己埋起来的事情，因为你没有，所以你撑到了今天。如果不是藤壶的电话，你都不知道自己会去哪里度过你的倒计时，也许就飞巴厘岛了。”

凡事必有动机。我小说里写过这种道理。

“所以，藤壶给我打电话，把我叫到这里来，是因为……”

“因为她如果找不到你，而你并没有接收到南生的全部信息，你也许就不知道自己该埋在哪里。她永远不会知道你在哪里，所以——”

“王海生和南生的尸体，就在这个镇上，就在宁夏。她骗我来，是因为不骗我就不会来，信息就断了。”

“从她刚才的表现来看，你今天晚上一定会自杀。”

“信息发送失败了，为什么不重新发送一次？”

“未来不知道，她没法通知未来。除非利用你的尸体，所以她在等你今晚自杀，她会想办法弄到你的尸体。”

我涌起了希望，小林道：“你写那么多悬疑小说，在这种情况下，情节会如何发展？”

“一本小说到了这个时候，主人公要开始主动进攻。”我说道，“我们要找出埋王海生和南生的地方。”

“然后毁掉尸体吗？”

“这样事情不会完结，我要利用那些铁罐子，和未来谈判。我会帮他们解决这件事情，但是他们不能再对我下手——我要替代沈国鲤和未来博弈。”

“怎么找？”

“藤壶知道位置在哪里，我们可以打个赌。”我心里想着，如果是小说，一定是这么写好看，但是在现实中，这个赌危险很大。“我如果服用昏睡药昏迷过去，给到藤壶，她会怎么做？”

“等你醒来自杀，放进胶囊里。”

“如果我醒不过来了呢？”

“她会把你杀了。”

“我觉得她不会杀我，否则她不用等我自杀——她不敢惹麻烦，我们赌一下，她会把我活埋进胶囊里，埋入地下。等她把我运到那个地方，你就跟踪过去。把我挖出来，那时候，我还没有醒，你把我准备好的一块铜牌放进我的罐子里，然后再把我叫醒。记得带气割和金属探测器。”

“拉倒吧，你再醒过来的时候，你已经是一个未来人了。”

“不会，这就是我要赌的。我赌我放下了那块牌子，我醒来的时候，没事，他们不敢动我。”

“你怎么做到？”

“我是个作家，我可以编个故事，让未来相信我说的话。”

第六十章
故事

小林看着我，想了想："她把你放入罐子之前，一定会对你做防腐处理，我不知道他们会怎么防腐，但放血是肯定的，你肯定活不了。"

嗯，我陷入了沉思。他说得对，我听说保存尸体不仅要抽干血液，还要注入一种特殊的液体。藤壶如果处理我的尸体，我就必死无疑了。

"你有长时间的昏睡药？"

"我是个精神病患者，我什么药没有？"

小林想了想："我来帮你改一下这个计划。我马上去工厂里拿一块铜牌来，还需要一批字母钢印，一个锤子。你来构思你人生中最重要的一个故事。然后，你装成已经变成未来的人，大脑已经变化了，准备自杀，去找藤壶帮忙处理尸体。你就别吃药把自己搞昏迷了，什么蠢主意！"

我想了想，也是，我为什么那么诚实。小林马上出发，我则开始思索这封恐吓信要怎么写。

其实也不难。

想了一会儿，我就意识到，在某种程度上我现在更加强势。

在未来，如果我们经历的一切都是真的，那么会有人发现一块铜板，铜板已经生锈了，氧化成一层一层的，刮掉上面的，能看到用钢印敲下的一段英文。

“你们打开这个胶囊的时候，应该很惊讶，里面没有你们的记忆样本，也就是我的尸体。你们对我的谋杀行为，我感到非常不开心。也许我终将死亡，但我会把整件事情，所有的信息，全部披露给这个时代的人，让更多的人知道如何威胁未来以达成自己的目的。除非，我们达成了谅解。并且，我已经找到了沈国鲤的所有炸弹的位置，我和你们开了一个小玩笑，我重新移动了这些威胁，现在只有我知道这些威胁藏在哪些新坐标处。我死去之后，我的朋友会毁掉我的大脑，你们将得到一个孤立的信息源，永远无法解决这件事件。所以，这是一个谈判的条件，你们不能杀死我，而我会在我寿终正寝的那一天，把所有的信息，放置在这个胶囊里。对不起，未来的朋友们，你们得保佑我健康地活下去。”

这是一个很简单的诡计，但对于只能通过遥远的作用来影响过去的未来来说，足够他们重视了。

如果他们够聪明的话，他们不能杀死我，而且得祈求我活得很好。

因为和考古一样，他们就算有足够的资料，也无法完全复原真实的情况，只能无限地接近。更何况，我什么信息都不会留给未来，所以，恐怕他们只能相信这块铜牌。

小林在傍晚回来，带来了所有的工具，效率已经很高了，准备好这块铜牌之后，我开始写我的遗嘱，毕竟我不知道，最终结果怎么样。在我的遗嘱里，我把我的财产进行了分配。

我很了解我的父母，我的钱对于他们来说，真的无所谓。我父母对我很看重，如果他们在这个时候丧子，打击会非常大。

我以前一直很好奇，很多人到了生死关头会怎么思考问题。他们是对于人的自愈充满了信心，觉得身边的人痛苦之后，一定会回归自己的生活；还是带着遗憾死去的，知道创伤永远不会愈合。

那些没写完的小说，就永远停在那里了。这对于我来说，也有美感，我其实还有好多想写的东西。这些灵感，后人一定会有的，这一点我很自信。我不是天之骄子。

现在想来，所谓的灵感，是不是也是各种信息忽然在我大脑中出现，影响我的记忆产生的？否则为什么会有“灵光一现”这样的说法？

想了很久，我给我父母编了一个故事，告诉他们，我其实是被接到未来去了。我知道他们肯定不信，但小林会有足够的证据，让他们相信。这样，也许他们会好受一点儿。

到了这里，我心中的担忧稍微减轻了一些。我将遗嘱寄到我的律师那里，我的律师喜欢我，一直在追我，收到我去世的消息她会很难过吧？忽然觉得她有些可爱起来，应该接受她的，我心里想。可以前的时候，哪里会知道我的人生会这么快结束。

我们在淘宝找了当地的商铺，买了三套无线电跟踪装置——我身上带一套，捏在避孕套里吞下去一个，还有一个我装在一个特别坚固的手环里，不用线钳是弄不断的那种。

等到天黑，我拿着三杯咖啡，坐在床上。小林问我：“你准备好了吗？”

我点头，小林对我说：“祝你好运。”

我拨通了藤壶的电话，对方很快接起，我对她道：“我准备好了，你准备好了吗？”

第六十一章
氰化物

再见藤壶的时候，她就站在如家酒店的门口，站得笔直，目光炯炯地看着我。

她有一种如同邪教狂人般的气质。我看她的站姿，和很多电影里独裁集团的崇拜者的姿态很像。

我来到她的面前，她对我道：“你想明白了？”

我点头，我不知道已经被植入了念头会是什么感觉，人会是什么样的状态。南生当时来找我的时候，应该是倒计时的最后几天，所以那个时候他仍旧是他自己，我只能随机应变。我有信心的一点是，如果我和其他人有所不同，藤壶也不至于立即察觉，因为我相信她没有能力那么自信地判断我是假装的。

藤壶看了看手表，带我去停车场，上了一辆车。此时天已经完全黑了，藤壶上车的时候，看着我的侧脸，“也许你们到了那边，会活过来，那个时候的技术那么先进，我很羡慕你们。也许那个时候，人已经不会老了。”

我不敢回答她，只是看着前面的黑暗——我惊讶于她没有做任何的验证，就相信我已经被植入了意识。

当然我高兴得太早了，我看着她开车的方向，立即就意识到，我们是在开向郊区。

“这是给你的，没有痛苦，大概二十分钟就起效了。等一下我们先去一个公安局，你去报案，然后在报案的时候自杀，还有这是你的遗嘱，你把字签了，遗体会交给当地的医学院，里面的人会把尸体卖给我。”藤壶边说边递给我一个瓶子。

我接过来，愣了一下，几乎条件反射般地问：“这么麻烦？”

“你会在这个时代消失，必须让官方知道你是自杀的，我才没有麻烦，否则，上面迟早会查到这件事情。”藤壶说道，“你把你的手机给我，我要把里面的信息痕迹都销毁掉。”

我明白她为什么不做验证了，反正我是或不是，都不会到达她埋骨的地方。只要遗嘱在她手里，她就能拿到我的尸体，而我要是不签，就露馅了。

我想了想怎么办，还是得签，但我赌了一把，我签了我的笔名。我赌她不知道那是我的笔名，因为世界上知道我本名的人就不多。

藤壶看了一眼，果断地把遗嘱收好。我不动声色，来到了一处公安分局的门口。我拿过药，也不看她，就下了车。藤壶立即开车离去。

我知道她不会开远。我直接走进公安分局里，找了个角落，确定她肯定看不到了，就立即对着手环说道：“你得联系一下宁夏那个交警队副队长，我有事找他帮忙。我得装死才行，还得买通这里医科大学的老师，把尸体卖回给藤壶。”

小林没法回答我。但我知道这是一件极难的事情，机关里可不会陪着你胡闹，也不会相信这些我推测出来的鬼话。等到我说服了所有人，开出死亡证明等一系列文件，恐怕已经四五天后了，又不能睡觉，我困都困死了。

说完之后，我顿了顿，和他说：“拜托了，我知道你想升官，但你可能得把你的人际关系储备都用上了。我就在一楼男厕所外面，手里拿着瓶毒药，你联系好了可以让你的人到这里找我，我手机被拿走了。”

说完之后，我就长叹了一口气。喝了太多咖啡的原因，我的心脏跳得很快，四周的一切，一会儿清楚，一会儿模糊。真刺激啊，原来谍战片里是这种感觉。

晚上这里只有值班的，路过的警察看着我，我蹲在地上，她也没有管我。

大概等了半个小时，就有车到了，那个大队长和小林从车上下来，还下来了一个人，一看就是个刑警。我和小林再次见面，百感交集。我们到了会谈室，那个大队长就介绍我给他们认识：“这位大作家，这是这里的书记，事情我已经讲过了，他还需要再了解一些情况。你说，有人逼你自杀，对吗？”

我点头。看了一眼小林，这是囚徒困境了。我不知道小林编了什么故事，就做出一副苦相，给他们看那瓶毒药。刑警拧开一闻，就说：“氰化物。”

“她说，不会有任何痛苦。”

“那怎么可能。这东西就是死得快，两分钟就死了，很难救，这个分局离医院很远，她算得很好。”刑警说。

这个死女人，我心里暗骂，真是歹毒。

“所以你希望将计就计，把她引出来。”

“她是倒卖尸体的。她说要把我朋友的尸体卖出去，所以他已经签了尸体捐赠的遗嘱，到时候会有一条尸体贩卖的链条。”小林说道，“而且，她还说她有同伙，如果他装成尸体，我们一路跟着，就可以把整个犯罪团伙全部都抓了。”

刑警点头，我看了一眼小林，不知道这事该如何收场，但看样子，我们是得到支援了。

接下来的事情是和意志力的抗争。我们没有办法和别人说我不能睡觉这件事情，所以到天亮，我都在派出所里睁着眼。他们给了我被子和一张躺椅，我也不能睡。到了四五点的时候，死亡证明开了出来，我已经困得不行了。咖啡也不管用了，我只要一发呆，随时就有可能睡过去。

哪有什么真正的失眠，你开十几个小时的车，然后忙活一天，之后再熬一个通宵，你试试。

我用手机查所有让自己不要入睡的情境，后来发现只有站着，以及在温度很低的地方。于是就穿着单衣站在窗边，并且让窗户大开着。

等到死亡证明开出来，就到了真正的挑战了，这个时候，公安局要把我的“尸体”送到医院。这一块我就不清楚了。“尸体”会被进行防腐处理，小林找了精神病院刚认识的关系，看是谁在抢着处理我这具“尸体”，那人就一定是藤壶买通的人。因为尸体处理是有可能报废的，如果处理不当，一百具尸体里会有几具处理失败，发生腐化无法使用，遇到这种情况，报废品就会被销毁，这些报废的尸体去了哪里，就不知道了。

所以基本上，我的“尸体”会走一个这样的流程。

第六十二章 埋骨之地

这些事情和我都没关系了。我被装在一个袋子里，脱光了衣服，为了给我保暖，在我身上加了几层锡纸，我就装车被运走了。长话短说，接下来二十四个小时，是我人生中最难熬的二十四个小时。我不能动，躺着，温度适中，上车之前上过厕所，但五个小时之后，尿还是胀满了膀胱。

然后，实在是太困了，我所有的精力都在让自己不要睡过去，但只要我稍微一恍惚，我立即就可以秒睡过去。我其实已经秒睡过去好几次了。很多瞬间，我都觉得自己完蛋了，我已经睡着了。

这是一种什么程度的疲倦？你最后十个小时，每一秒都在想着放弃。我想着，死了算了。未来如何，各种情况如何，我都不管了，我投降了。

这十个小时，到最后我被人从停尸房推动的时候，我才真正从快陷入幻觉的情景中回来。被人推动的时候，我觉得自己在飞。

我开始不停地抖动我的手指。没有人和我说话，说明事情进行得很顺利。很快，被推了一路之后，我听到了藤壶的声音，她的声音很轻，但我一下就完全清醒了。

非常渴，很饿，很想小便，但这些都不重要了。我被放到车的后备厢里，闻到了汽油的味道，车开始启动。

又是一个多小时，车的后备厢被打开，我被一根绳子绑住，打了一个结，然后从后备厢里被拖了下来。

我手上的手环还在，只要我喊一声，告诉监听的人，同伙到了，他们就会从四面八方冲出来。但是我还不能这么做。因为我必须要把铜牌先放进我的胶囊里，然后把胶囊埋起来。

藤壶努力在拖拉我，我发现她不打算把袋子打开，就想把我整个塞进胶囊里。当我感觉到我身下是荒地的时候，觉得差不多了，忽然一个打挺，从里面扯开尸体袋子的拉链，一下从袋子里站了起来。

现在是第二天的晚上十点多，藤壶显然没有想到这一点，直接吓得摔倒在地，手电掉在一边，脸色苍白。

我走过去拿起手电，照向藤壶，她连连后退。我看了看四周，就看到这里是一片树林的深处，树木不是特别密集，所以车可以开进来。四周一片漆黑，我们所在的地方是一块空地，地上挖了一个大坑，里面有一个钢罐子，一看就是从沈国鲤工厂里拿出来的。

这就是我的埋骨之地了。

真是一个简陋的阴谋，边上还有一个机器，似乎是一个气泵，看来是想把这个钢罐抽成真空的。

一个女人要做这么多事情也不容易，我心里想着。我将铜牌从自己的背上——那块铜牌就贴在上面——扯下来，丢进“胶囊”里去，然后把“胶囊”合上，用眼神示意她启动机器。

她很快冷静下来，刚想说话，我摇头，指了指黑暗，用唇语说：“有人在听，你如果帮我，我就放你走，否则，你要去坐牢。”

藤壶冷冷地看着我，我用唇语说道：“我报警了，你知道这件事情，一旦报警，会有多严重。”说着指了指机器，让她启动机器。

藤壶想了几秒钟，去启动了机器，我看着整个钢罐被抽成了真空，然后我在外面把抽气口和缝隙全部焊死。将这个钢罐子埋入了土里，上面覆盖上落叶。

“王海生和南生在哪儿？”我用唇语问她，她条件反射地看了看脚下，我立即就明白了，他们都在这里。

“你这样会毁掉未来。”她用唇语恶狠狠地和我说道。

我冷冷地回她：“人类本来就是短视的动物。”

说着我对着手环，大叫道：“她跑了！”

藤壶脸色一下变了，立即就冲上自己的车，往外开去，但是很快四周都亮起手电和车灯。她跑不掉的。而且，她也不会说这里地下埋了什么，我也不会说，但我的毒药上有她的指纹，她唆使我自杀是事实，购买尸体也是事实，她需要很好的编故事能力，才能解释这一切究竟是为什么。

小林冲过来的时候，我正在我的“棺材”上小便，天知道那种畅快淋漓的快感，我双膝发软，口水都要流了下来。之后我穿上衣服，整个人连站都站不住。

“这就是整个故事的高潮吗？”小林问我。

“小说需要在这里和反派一决雌雄，或者干脆来一个反转，我和藤壶对峙的时候，南生忽然从后面出现，乘我不注意的时候打晕我。我再醒来的时候，发现自己已经被绑住，他们要重新找地方对我进行防腐处理。原来整个事情都是南生的阴谋，他一直在找替死鬼之类的……”

但在现实生活中，南生已经埋在了我的脚下，这才是最恐怖的。而拆穿我扮演尸体时最大的威胁，是我的膀胱。

而且，这还不是结局，只是刚开始吧。我心说。

上了车之后，我靠在车的后面，警察问我有没有看到藤壶的同伙，我说有，跑进林子里了。然后我闭上了眼睛，小林问我：“现在可以睡了？”

“我的计划是不是能成功，就看这一觉了，这一觉背后发生的事情，才是真正的高潮，可惜，我什么都不会知道。”

说完我几乎下一秒就睡着了。希望醒过来的时候，我还是自己，我还是我。

第六十三章
尾声1

醒过来的时候，天已经亮了，我足足睡了十个小时，他们没有叫醒我。我就靠在车的后座入睡的，完全地进入了深度睡眠。

打开车门，我伸了一个懒腰，外面就有刑警走过来。看这样子，应该是警局安排了人在看守我。

已经九点多了，还是阴天，我在外面站了一会儿，呼吸着冰冷的空气，忽然间意识到昨天发生了什么。

刚才的轻松感被我额头冒出的冷汗所替代。我立即开始在自己的大脑中搜索，看看有没有任何的变化。

思考了几遍，我发现，我没有任何轻生的想法，我还是原来的我，对于昨天发生的事情，我的态度仍旧是一样的。

我内心仍旧很恐惧，继续思索了一遍，检查我的大脑。没有，仍旧没有。我没事。

我终于松了口气。

我看了看四周，这里是公安局的外面。我坐到花坛上，向看守我的警察要了一根烟点燃，长长呼出了一口气。看来，我赢了。

没有人能理解我心中的感觉，真的没有人！

所有的焦虑在这一刻松懈下来，但你既不能大喊，也什么都说不出来。你就是笑了起来，如果非要类比，我觉得我好像是癌症晚期病人，突然收到了误诊通知。我什么都准备好了，现在却一切都恢复原样了。

小林当晚也回酒店睡得死沉。我做完了笔录，回到酒店问他，就不担心我吗？他很委屈地说，他前几天一直担心得睡不着，怕我被做成干尸，今天也是因为放松下来了，所以睡得很香。

困顿床前无孝子。我在心里说。

我们当天喝了一顿酒，我天性谨慎，没有喝太多。在这一天晚上，我再次在床头放上了录音笔，来听梦话，发现梦话已经停止了。

我坐在床上，笑了整整一个小时，没停下来。

接下来的几天，我都在宁夏，没有离开，每天醒来，我都要经历一遍自我怀疑，检查我脑子是不是坏掉了。一周之后，我才真正放下心来，确定那块铜牌应该是起作用了。

这次事件的笔录做了好几天。听说藤壶什么都不说，但是有监控录像以及各种证据，她没有办法抵赖。

我其实很担心她出来之后会把我的铜牌挖出来，那么很多事情都会改写。如果她挖出了铜牌，未来就不会被我威胁，我就会在车里醒来之后自杀。

我并没有自杀，这是否可以说明，藤壶并没有交代那块铜牌，否则警察也早挖出来了。她是否发生了什么事情？

我们后来又回到那块林间空地，用金属探测器探测了地面之下，确实还有两个金属器皿。这让我汗毛直立，这罐子里的尸体，要穿越五千年的时光，里面的王海生和南生，我虽然不甚熟悉，却又如此了解他们。还真是令人唏嘘。

快要离开的时候，才知道藤壶自杀了。

看来，未来的人启动了保险措施，销毁了他们在过去的痕迹。

我坐在回程的火车上，在一等座里犯困，边上的小林已经打起了呼噜。

车窗外的风景，如风一样掠过，我开始回忆这么多天发生的事情。

我有些不敢相信自己做了那么多事。

以前写一个故事，在书桌前写写就已经胜利了。故事中那么多出生入死的情节，都是殚精竭虑瞎编的，我一直觉得那些事情自己是做不到的，所以才幻想得那么好。如今我竟然都做到了，这不免让我五味杂陈。

我出了两次外海，探寻了废弃的工厂，最后和未来的力量谈判，全身而退。

如果要说疑点，还是有一个非常大的疑点，就是我经历了那么多，所有的想法，都是我的猜测。有一种可能性是，我所有的点都猜对了，我确实经历了一次特别神奇的案件，幕后黑手是未来的力量，最后还破了案。还有一种可能性是，真相和我推测的完全不同。

这一切前因后果，都是我们的集体妄想。谁也不知道是什么，但是，它没有那么神奇，只是我们不知情而已。

所以，就算我不做那么多，也许我醒来，也不会有事。

所有的资料都在我的文件袋里，如果能写成小说该多好，但还不行。我得先为未来，找到沈国鲤的那些神经毒素罐在哪里，虽然我心里有一种猜测，沈国鲤按照客观推理，他是不可能得到那么多危险的化学品的。这种放射性化学品，最多他能从实验室里得到几公斤而已。

所以，也许沈国鲤的这个威胁，和我的铜牌一样，只是一个“诈胡”。只要第一罐足够有威慑力，后面其实不需要再有炸弹了。但我不能抱有这种侥幸心理。

如果是五千年后才会有危机呢？那我就有足够的时间解决问题。

想到这里，我忽然意识到我还有一个信封没有拆，是藤壶给我毒药瓶时一同给的，当时没心情看，只是装了起来。我现在拆开信封，发现里面是很多的资料。

我看了一遍，大多都是针对我这段时间遇到的这一切进行合理解释的一些资料，关于未来的人，如何影响过去的人的理论模型。

这里面的文件，都是来自一个叫作刁平的人。这应该是一个物理学者。他有一点非常好，在理论的开始段落，他都会先讲一个具体的例子。

首先他认为，目前理论中唯一能够联通两个不同时空的，是虫洞。目前已经有明确证据证明虫洞确实是存在的。某些量子是可以携带信息回到过去的。

而这些量子信息是如何影响人大脑的，他举了一个嗅觉的例子。

我们以往对嗅觉的理解很简单，鼻腔里的分子感受器，在空气中捕捉分子，然后产生脉冲信号传递到大脑里，让大脑知道空气中飘浮着什么，这个过程中就产生了嗅觉。而这些气味分子，就是钥匙，感受器就是锁。

钥匙和锁是配对的。

人类鼻子里有三百多个感受器，这样的组合能闻到的气味种类是惊人的。因为三百多个钥匙，可以混合出天文数字般的气味。而同时也有了一个推论，就是如果两个分子长得很像，那么它们闻起来，味道是一样的。

但后来这个理论受到了巨大挑战，原因就是我们之前遇到了毒药氰化物。

苦杏仁糖和氰化物的味道，几乎一样。但是它们的分子形状，天差地别，几乎是完全不一样的。

为什么两个完全不同形状的分子，闻起来味道却是一样的？按道理说，它们应该进入完全不同的感受器，产生不同的脉冲信号到大脑才对。

目前科学家还无法解释这个现象，但有量子生物学家对这两个分子进行了监测，发现这两种分子在量子领域里发出的波，可能是一样的。于是它们得出了一个惊人的假设，也许鼻子不是闻到了分子的形状，而是探测到了量子状态下的波。

鼻子是“听到”量子信息，产生的大脑脉冲，从而产生了不同的味道。

当然，这些理论目前都受到了巨大的挑战，和候鸟迁徙的量子视觉细胞发现一起佐证。

事实上，我们的大脑和神经，一直在接收量子信息，这也多少可以证明，我们的大脑也会直接接收量子信息。人和人之间的一些沟通，其实是可以超距发生的，这也为心灵感应是否存在提供了一种有趣的理解。

这些理论的东西，我看得也是似懂非懂，没有兴趣的人可以略过。

之后的一年时间里，宁夏精神病院里的老人，陆续死亡。蓝采荷和海流云逐渐有了好转。小林辞职下海，赚了很多钱。苏启航一直在海上，偶尔给我写邮件，似乎没有再发病。我回到了精神病院里，住完了剩下的疗程，并把这本书写了出来。

如果你看到这本书出版了，说明我已经找到了沈国鲤那些神经毒素罐的位置,将信息通报给了未来。这个故事,就已经是一个单纯的故事了。

在这个故事的最后，我奉劝各位，不要去做沈国鲤一样的事情，因为沈国鲤的计划之所以能成功,有一个关键的步骤,我在书中没有披露,你不知道这个细节，终究是白费力气。

这本书中的这些人物，后来我们成了好朋友，后面还有一些故事和他们有关。这个故事里只是初识，但大家未来会很熟悉他们。

第六十四章
尾声 2

这是一些细节的补充。大概整理一下故事线。

沈国鲤将很多“胶囊”都藏入了海底，花头礁是一个地点。花头礁的礁石下方水很深，到海底有几百米，那些带着信息的“时光胶囊”，都挂在礁石上，那么应该有一颗炸弹，是在海底。王海生看到了“时光胶囊”上天线的形状，以为是“海观音”，非要去看清楚，结果被标记了大脑。

但王海生记忆混乱，受的教育不高。从王海生的大脑里，他们知道了他和南生的约定，于是开始影响南生，让他去调查王海生的情况，并且将王海生的记忆传送给他，于是南生开始了长时间的梦话。南生有着很强的调查能力和分析能力，事情有了进展。

在藤壶给我的信封的角上，还有一张 SD 卡，里面记录了南生自杀的影像。

和我想象的完全不同，南生并不是醒来之后，变成了另外一个人。他在睡梦中，完成了一切。

和之前他给我看的自拍一样，他晚上的梦游变得空前剧烈，在监控中，他自杀了。过程十分可怕。

这录像应该是他的倒计时最后一天。

这就让我明白了，未来并不能改变一个人，所以藤壶在醒着的时候，未来应该并不能控制她。她要么是一个彻底的疯子，她不仅被未来控制了梦境，还完全倒向了那一边，导致她醒着的时候也狂热地执行着这个计划。

要么，藤壶就没有醒过。我想起藤壶的姿态、状态以及她的眼神。她确实眼珠不太转动，她会不会在和我沟通的时候，一直是睡着的？

这让我毛骨悚然，如果睡梦中你会变成另外一个东西，去做完全不同的事情，我恐怕不敢苟活下去。

我的房间里从此装了摄像头，时不时，我还会录自己的梦话。这在日后变成了我生活中的一种习惯。

刁平是给藤壶提供理论支持的一个大学的物理教授，四十多岁，理论很扎实，但主要的工作是在实验方面，和国外的沟通也比较密切，出版过很多科普图书，所以藤壶才和他联系上。我后来去见了他，想看看有没有遗漏的信息。

他知道藤壶的故事，我没有说太多我的事情，就完全听他说，我得出的结论是——他对这件事情，只有一个初步的了解。沈国鲤和南生的事情，他都知道。

我问他，整体上，对这件事情他怎么看待？他对我道，事实上，最关键是如何让未来的人收到信息，如果准备足够充分，我们从现在这个时代去思考也能理解，只要时光胶囊不损坏，未来人类还存在，那么这种沟通是一定会成立的。

很多人认为一件物品保存几千年是很困难的，其实我们身边的博物馆里，几千年的物件，保存完好的，比比皆是。如果你在某个方鼎的铭文上，看到了有铭文威胁你，让你用时光机器去救他，否则他就会引爆一个灾难，你会怎么想？

估计会觉得很好笑。因为你知道，当时没有可以维持那么长时间工作的倒计时装置。

现在再有这样的事情，就不同了，我们的工业基础已经非常强大，我们有足够的放射性灾难的制造能力，我们的冶炼和铸造、防锈合金，已经可以基本保证大部分的物件，在我们希望的情况下，保存上千年。我们的倒计时装置也可以精确到飞秒，以几千年的时长一直那么倒计时下去。

所以，这件事情是完全合理的，甚至不属于科学幻想的范畴。

很多人会问，未来是固定的吗？如果说未来已经形成了，我们是固定的，那我们还能改变命运吗？

现在有一种科学理论，解释了固定的未来和变化的未来的关系。举一个例子，你大概有无数个未来，这无数个未来都是存在的。你在你的人生中往前走，你的所有选择，A 还是 B，所产生的未来都是存在的。你只是在选择道路，通向哪个未来而已。

而且，这一段人生你不止走一遍，你要走无数遍，每一遍都有不同的选择，所以事实上，所有的未来你都会到达。

你可以选择你要到达哪个未来，你可以改变命运，但那不是一次性的，你还得继续选择，一次又一次。所有的未来，都在看着你，这一次走哪条路线。

这种无限的循环，看似有着无穷的变化，其实是一个固体。所以人这一生，是一个循环的固体。你是个三维生物，在更高维度的人看来，你的一生根本不复杂。

刁平说他也会尝试着和未来沟通，但是会采取更温和的方式。而且，他会用物理学家的方式，将他沟通的时间往后继续延伸，远远超过五千年，一直到一个巨大的年份。在那个时代，人类应该已经破解了多维的宇宙。那个时候，未来和过去，才能真正接触。

他的理念是，那么遥远的未来，对于我们来说，是一个未解之谜；我们如此遥远的过去，对于未来来说，也是一个未解之谜。当时空旅行技术刚成熟的时候，一定会有人忍不住回到过去，去看一看真相。他要设计一个独立的事件，这个事件要非常神秘，未来很可能变成未解之谜，以此来吸引未来的人回来。而他会在设计好的未解之谜的现场，等待那个旅行者。

3 月 13 日，刁平和我说，第二年的 3 月 13 日，他一定会发生什么变化，到时候，我就会知道，他成功了。

大概一年以后，我听闻了刁平失踪的消息。他失踪的当天，确实是 3 月 13 日。听他们说，那一天刁平去了马来西亚的一个渔村里，他进入了一栋小屋之后就失去了踪迹。这个渔村刚刚发现了一个巨大的古迹遗址，结果，却忽然发生了巨大的火灾，3 月 13 日这一天，有人纵火烧掉了这座文明的瑰宝。在火灾中，有三十二个人不幸遇难。

刁平再也没有出现，他可能是当时被烧死的三十二个人中的一个，因为尸体已经无法辨认了。

也有可能，他找到了那个时空的旅行者，被带去了未来。只是，这个方法，并不温和。但这就是我们的世界啊。

《世界》全文 终

图书在版编目（CIP）数据

世界 / 南派三叔著. -- 长春 : 吉林文史出版社, 2020.10

ISBN 978-7-5472-7288-6

Ⅰ. ①世… Ⅱ. ①南… Ⅲ. ①长篇小说—中国—当代 Ⅳ. ①I247.5

中国版本图书馆CIP数据核字（2020）第203428号

世界

SHIJIE

著 作 者：南派三叔
责任编辑：程　明
封面设计：Topic Design
出版发行：吉林文史出版社有限责任公司
电　　话：0431-81629369
地　　址：长春市福祉大路出版集团 A 座
邮　　编：130118
网　　址：www.jlws.com.cn
印　　刷：北京市松源印刷有限公司
开　　本：165mm × 235mm　1/16
印　　张：16
字　　数：200 千字
印　　次：2020 年 10 月第 1 版　　2020 年 10 月第 1 次印刷
书　　号：ISBN 978-7-5472-7288-6
定　　价：46.00 元

当大雨降临之前你离开你的旅馆，

那是你的大船，

你的旅途是悲哀的远航，

因为你离开了你的故乡。

唉，可惜这个时代的钢材，质量不好。

水手为了赴约而心伤，

你以为大海是你的家乡，

巨大的黑影蹲在码头旁，

我想起海港，

不是你走时候的模样。

如果你的未来必将到来，

你何必此时惊慌，

无论大航程多么漫长，

谢谢！藤壶！

终将看到指引你回航的灯光。

们只看到眼前的世界，而忽视了我们看不到的世界。

事实上，我们有无穷的可能性，只要你看看超越眼前的内心。

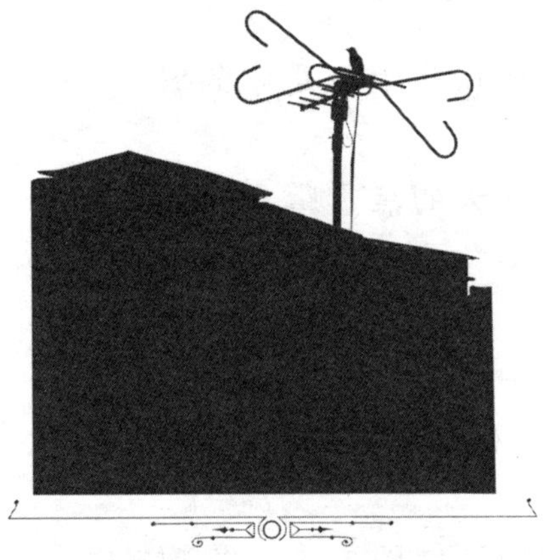

今日诗选

重要日期備忘

___月 ___日

20□□

日期：　　備忘：　□

□

□

□

□

□

□

TODAY TO DO LIST

_____MONTH_____DAY　✓

□

□

□

□

今日诗选

重要日期備忘　___月 ___日　20□□

日期：　　備忘：　□

□

□

□

□

□

□

TODAY TO DO LIST　_____MONTH_____DAY　✓

□

□

□

□

今日诗选

重要日期備忘 ___月 ___日 20□□

日期： 備忘： □

□

□

□

□

□

□

TODAY TO DO LIST _____MONTH_____DAY ✓

□

□

□

□

今日诗选

重要日期備忘 ___月 ___日 20□□

日期： 備忘： □

□

□

□

□

□

□

TODAY TO DO LIST _____MONTH_____DAY ✓

□

□

□

□

今日诗选

重要日期備忘 ___月 ___日 20□□

日期： 備忘： □

□

□

□

□

□

□

TODAY TO DO LIST ____MONTH____DAY ✓

□

□

□

□

重要日期備忘 ___月 ___日 20□□

日期： 備忘： □

□

□

□

□

□

□

TODAY TO DO LIST _____MONTH_____DAY ✓

□

□

□

□

今日诗选

重要日期備忘　　___月 ___日　　20□□

日期：　　備忘：　□

□

□

□

□

□

□

TODAY TO DO LIST　　_____MONTH_____DAY　　✓

□

□

□

□

今日诗选

重要日期備忘

___月 ___日

20□□

日期： 備忘： □

□

□

□

□

□

□

TODAY TO DO LIST

_____MONTH_____DAY ✓

□

□

□

□

今日诗选

重要日期備忘　　___月 ___日　　20□□

日期：　　備忘：　　□

□

□

□

□

□

□

TODAY TO DO LIST　　_____MONTH_____DAY　　✓

□

□

□

□

今日诗选

重要日期備忘 ___月 ___日 20□□

日期： 備忘： □

□

□

□

□

□

□

TODAY TO DO LIST ____MONTH____DAY ✓

□

□

□

□

今日诗选

重要日期備忘　　___月 ___日　　20□□

日期：　　備忘：　　□

□

□

□

□

□

□

TODAY TO DO LIST　　_____MONTH_____DAY　　✓

□

□

□

□

今日诗选

重要日期備忘 ___月 ___日 20□□

日期： 備忘： □

□

□

□

□

□

□

TODAY TO DO LIST _____MONTH_____DAY ✓

□

□

□

□

今日诗选

重要日期備忘 ___月 ___日 20□□

日期： 備忘： □

□

□

□

□

□

□

TODAY TO DO LIST _____MONTH_____DAY ✓

□

□

□

□

今日诗选

重要日期備忘

___月 ___日 20□□

日期： 備忘： □

□

□

□

□

□

□

TODAY TO DO LIST

_____MONTH_____DAY ✓

□

□

□

□

今日诗选

重要日期備忘 ___月 ___日 20□□

日期： 備忘： □

□

□

□

□

□

□

TODAY TO DO LIST _____MONTH_____DAY ✓

□

□

□

□

今日诗选

重要日期備忘 ___月 ___日 20□□

日期： 備忘： □

□

□

□

□

□

□

TODAY TO DO LIST _____MONTH_____DAY ✓

□

□

□

□

今日诗选

重要日期備忘 ___月 ___日 20□□

日期： 備忘： □

□

□

□

□

□

□

TODAY TO DO LIST _____MONTH_____DAY ✓

□

□

□

□

今日诗选

重要日期備忘 ___月 ___日 20□□

日期： 備忘： □

□

□

□

□

□

□

TODAY TO DO LIST _____MONTH_____DAY ✓

□

□

□

□

今日诗选

重要日期備忘

___月 ___日 20□□

日期： 備忘： □

□

□

□

□

□

□

TODAY TO DO LIST

_____MONTH_____DAY ✓

□

□

□

□

今日诗选

重要日期備忘

___月 ___日

20□□

日期： 備忘： □

□

□

□

□

□

□

TODAY TO DO LIST

_____MONTH_____DAY ✓

□

□

□

□

今日诗选

重要日期備忘 ___月 ___日 20□□

日期： 備忘： □

□

□

□

□

□

□

TODAY TO DO LIST _____MONTH_____DAY ✓

□

□

□

□

今日诗选

重要日期備忘

___月 ___日 20□□

日期： 備忘： □

□

□

□

□

□

□

TODAY TO DO LIST

_____MONTH_____DAY ✓

□

□

□

□

今日诗选

重要日期備忘 ___月 ___日 20□□

日期： 備忘： □

□

□

□

□

□

□

TODAY TO DO LIST _____MONTH_____DAY ✓

□

□

□

□

今日诗选

重要日期備忘 ___月 ___日 20□□

日期： 備忘： □

□

□

□

□

□

□

TODAY TO DO LIST _____MONTH_____DAY ✓

□

□

□

□

今日诗选

重要日期備忘

___月 ___日 20□□

日期： 備忘： □

□

□

□

□

□

□

TODAY TO DO LIST

_____MONTH_____DAY ✓

□

□

□

□

今日诗选

重要日期备忘　　___月 ___日　　20□□

日期：　　备忘：　□

□

□

□

□

□

□

TODAY TO DO LIST　　_____MONTH_____DAY　　✓

□

□

□

□

今日诗选

重要日期備忘 ___月 ___日 20□□

日期： 備忘： □

□

□

□

□

□

□

TODAY TO DO LIST _____MONTH_____DAY ✓

□

□

□

□

重要日期備忘　　＿月＿日　　20□□

日期：　　備忘：

相信未来的自己，不会让现在失望。

—— 沈国锂

TODAY TO DO LIST　＿MONTH＿DAY　✓